光之書
羅智成詩集

二〇二四年的序

《光之書》出版後四十五年，為它再寫一篇序言，這種感覺，好像專程和四十五年前的自己碰面，是令人略感生澀、不安的。

這種不自在的感覺有多明顯，要看此刻的你和當年的你有了多大的差異。

所以我在那本少作的字裡行間反覆閱讀、搜尋，試圖喚起某些情懷或記憶，或自己並未遠離的蛛絲馬跡。但我必須說，將近半個世紀的時空距離，還是讓我對從前的自己感到巨大的生疏。我想擁抱他，但他已不再是我，更像是我的小孩。多年未見的小孩。

《光之書》的寫作，和我整個大學生涯重疊在一起，當初計畫在畢業時出版它，也是為了銘記這四年繽紛、混亂而珍貴的歲月。雖然如今看來，我的作品為我收藏的記憶，似乎還明顯多過那時在現實生活中累積的點點滴滴。

在現實生活部分，我當然還深深懷念著一起渡過慘綠少年的死黨W（後來和他中斷聯繫是我生命中最大的裂口）、中性又令人心疼的TIGER（我在噩夢中常常以為他到西藏出家了）、戀人P（她和更早的H是「寶寶」最初的原型）、若即若離、永遠迷人的PH（她在人們還來不及發現她可能的缺點前就已逝去）、在公寓頂樓遺世獨立，雍容美麗的T、多年後與我在異國相戀的Q、後來念特殊教育的永恆知己Z，以及有時是我又常常不是的R或L……他們同時也都在我的作品中頻繁地出現。

即使如此，我還是如此孤獨，或者說，還是擁有如此豐厚的孤獨，讓我保有這麼多的時間與心境耽溺於詩創作，耽溺於自戀自傷、一意為存在與文明困境思辯、苦索的孤絕形象。彼時，我寫了長詩〈光之書〉，藉由對光的想像與親密相處，去表現意識的發生與意識的過程；我創造了許多不凡的身世，平行於我的現實生活，似乎也預言了我未來的許多抉擇；我熱愛語錄體，因為書寫他們並不需要理由，因此自由自在記下了許多感想與奇想，也實驗了詩的各種可能——它們跟後來出版的《泥炭紀》幾乎是孿生的，主要差別在於標記、編號方式；我用了許多的篇幅探討孤獨，而且是宇宙中各個角落的孤獨，其中有些是如此純粹而靜謐，讓我迄今仍能感受到當時的美滿與自得；我甚至還在一篇帶著神諭色彩的作品〈芝麻開門〉中宣示：我的性格已愈不適合寫詩，我必須創造適合我的性格的詩……

我提到平行於現實生活的其它身世，其實詩創作在很長的一段時間，特別是年輕時代，的確很像我的另外一種身世。它不附屬於現實生活，相反地，它和現實生活形成了一種互文、辯證的關係，甚至比現實生活更為主動、精彩、具體，至少，更接近我自己。當我在詩中描述那些想像中的遭遇、那些感受細節時，一切是如此的真實、清晰，以至於有時會忍不住越過文字，以高反差的線畫插圖把它顯現出來，這種小篇幅的插圖我畫了很多，刊登在《光之書》

裡的只是其中一小部分。

它是我的第二本詩集，非常年輕，意義卻如此重大：我最基本的個性、文字風格以及無法歸類的多樣變貌，在此已有相當完備的展示；往後的各個面向的演變與創新也都可以在此找到明確的線索。而那時的專注與真誠，現在看來，在《光之書》已經有了最好的回報。

當我為自身平凡渺小的生命極力感受、思考、書寫、塗改，甚至頗有煩言時，也正是命運最眷顧我的時刻之一。這是多年之後我才領悟的。

二〇一二年新版序

出版《畫冊》時，我仍年輕而缺乏經驗。

那是鉛字排版轉為打字製版的年代，我仗恃編了幾年校刊的心得，又無法滿足於坊間書籍的面貌，決定設計編輯完稿都自己來，出版者自然是未立案也不曾存在的「鬼雨書院」。我那時一定以為《畫冊》是我這輩子唯一的詩集了，以至於一些未決定最終表現形式的作品、草稿、插畫、構想都一股腦兒塞了進來。多年後看它時，覺得它真的就像是我日後創作生涯一部不知剪裁的草圖。

在又一次出版《光之書》的時刻提及《畫冊》，最主要的原因是：我想，《光之書》應該是那些少作中我還有勇氣再版的，最早一部作品了！雖然每次再版時內心總是躊躇不安——它的初版幾乎是帶著同樣的天真，以和《畫冊》一樣的手工方式完成的。

由於《光之書》如此的年輕與久遠，在這一時期我不免焦慮、反覆重讀著所有詩行，怕遇見一些如今難以認同的訊息或表現；怕不再能深切了解或同意當時的作者。

我當然還是無法把每個字句都讀到流利、滿意，我的確也應該偶而學著抑制美學上的潔癖，概括承受年輕時的自己。於是毅然闔起了新版《光之書》，在送印刷廠的前幾分鐘。

在這次的再版中，我重溫了早年創作的困惑、喜悅與難題，重新認識了年輕時的自己。我非常珍惜有這麼一段時期，如此全心全意地投入詩的探索，並因此一睹自身光怪陸離的內心世界與創意，也再次確認《光之書》是我最具個人特質、最不可替代的創作體驗。

二〇〇〇年修訂版序

——詩，是生命的刻度

在這些年若即若離的創作與觀察裡，我隱約理出某種不十分確切但相當「羅記」的心得——詩其實有兩種意義（雖然它們幾乎分不開來）：一是在文學傳統裡被理解的文學工具，被絕大多數詩人真誠書寫而不加質疑的；另一種我還沒想到確定、簡單的說法——事實上，它反而有點像是抗拒所有被確定的書寫方式的思考方式——相對於那些有意無意已經認定「詩」就是自我表達最完美的工具的詩人們，這極少數的創作者偶爾會覺得：在你那篇作品還沒有被成功地完成與理解之前，根本不曾有什麼最完美的形式——詩只是對所有那些被探索、被期待、被修改、被「找不到」的某種完美的可能的代名詞罷了！

這些大部分時間被稱為「我」的創作者心目中的文學創作事業，是遠比文學傳統所呈現、所定義大得多的，猶如一種「生活方式」。

而詩，是生活中永遠不會被找到的解答的替代品。

詩因此更像是，某種生活情境的追求。「筆補造化天無功」，現實世界的素材與內心理想世界的規格之無止境的對話、轉換，讓我們對生活有了不同的態度與對應方式；而文字是其中我們最常用、最熟悉的工具。從這個觀點來看，文字創作出來的詩，如果缺乏了對詩的某種體認的話，其實是和詩完全不相干的（此刻我所接觸到的許多詩作，正給我這樣的感覺）。這不是很奇妙嗎？我們即使依照詩的形式、語法、遊戲規則寫出一首詩，而它卻可能不算詩。

所以，理所當然地寫詩的人，和恐懼自己不能再寫詩的人，雖然大部分時候是重疊的，其實有很不一樣的地方。前者極力斟酌、修辭，後者極力思索、反省，且認知到：「詩」不是一種發表（或創作出來）後才有作用、有價值的事物。它更根本、更早於文字、大於文字——這樣的創作者寫詩時，不是基於對文字功能的樂觀信仰，不是基於對詩的「美感基因」的信賴，而是帶著對文字的單薄、受限、無力與無謂的焦慮與無奈，帶著對既有詩作、詩傳統的不滿與不耐。詩的豐盛往往是文學（或其他媒體）難以勝任、承載的，寫詩之所以令人著迷，是在工具的有限與生活的無限之間，我們創造了屬於自己的，某種恆久的暗示或關聯，並讓它們彼此「存在」、「顯現」。

而這暗示或象徵又使我們為自己找到比暗示或象徵（理應）更堅實、具體的存在位階。

不論是一個詞句衝撞在我們大腦的行星地殼上，激起一些可以被辨識的「存在」灰塵、深鏤一個可以被辨識的「存在」凹痕，或是一首詩，詩的感動，衝擊在我們淤積著麻痺的生活沼澤，改變了一個神經元或一、兩次舒暢的呼吸，詩都——也應該都為我們的生命注入新的可能、新的元素。

一九七九年出版的《光之書》和一九八九年出版的《擲地無聲書》都不曾遠離我上述的信念，雖然在題材與風格上有較大的轉變，但是書寫的動力、創作的機制仍是一樣的：對現實生活、既有文明與書寫方式感到不足與不滿，渴望用別人可以解讀、辨識的，自己的方式來記錄知感經驗與理想——同時促進自我心靈的新陳代謝——這大概也就是生命形態的展現吧？

詩，是生命的刻度。

我的有限時間的，刻度。

它不只在丈量那些已存在的事物。

它在呈現、創造、彰顯某種生活。在那樣的生活裡，困厄的、不滿足的靈魂力圖透過想像、憧憬、反省等心智活動，來超越自己的平凡、脆弱、短暫與渺小。

那是迄今我見識過人類為了珍惜自己所創造出來的最優美的儀式。

透過想像、憧憬與反省，詩擴大了我們的生活，使我們較美好的性格、較深切的情誼、較真摯的理想，以及較美麗的世界都有了在現實立足的空間。

一九七八年四月序

在詩作的國度裡，我適合做個島嶼的發現者，不是佔領或經營的人，我了解自己比那些排斥浪漫與溫和的人更不易於耽溺。我願意把自己留在這有點疏離又有點疏遠的位置上，粗略地參與，像羅丹對巴爾扎克那種完成的方式。因此，我更謹慎地避免討論到詩本身。

一九七三年起，每年，我固定完成一項類似慶典的詩作，如：一九七三年的〈水瓶座〉、一九七四年的〈鬼雨書院〉、一九七五年的〈花畔金泉〉、一九七六年的〈光之書〉等。此後，我的心力已無法凝注於這儀式意義漸重於實質意義的工作，此後，很長的時間，由於創作的低潮，我僅能從事「精神的重謄或改寫」。

現在，我要在我腳後跟劃一道線，上前去做一些詩更難於表達的探索工作，我滿腦子是再下一本書，一本和別人更有關聯的書的事情。

一九七八年六月序

在此時期作另次結集，由於生命明顯的斷代。所有確實的知識必然蘊有的虛無的傾向，已確立我這一時期哲學思索悲觀的出發點。但還可以某些文學理論來解釋的，我作品中繼續呈現的那種頑強的色彩，也不能說是虛偽的——它也於事無補地暗示著「精密的靈魂遲疑在生命與價值探索中必然的困境」。

同時我的詩人時期已經遠去。隨著當時的感性，與種種可以原諒的過失——我失去犯錯與唐突的勇氣——但我的停滯，不是放棄。

生命更具體了。

而所付出的洞察與注意力變得零碎，由於遽增的視野與困惑。對那些深奧、龐大事物的探討來說，信心，或過早的信念，顯得不夠莊重。

「我不知道人是否應該悲觀，但是對於人性與德行的認識，使我感到不快。」（〈語錄〉），我一方面努力平衡著求知的方向，一方面反省著感覺不快的根源。後項工作勢必使我向存在的事實作更多的調整，但我沒有足夠的知識釐定自我修正的尺度。

書院時期的構想，那些年輕、熱忱、自信的光澤漸次剝落，以至於現在，這冊詩集——產生於清冷的心緒下的這冊子——它的特色，片斷、零碎、不一致，對於先前的設計缺乏持續的熱衷；它不像《畫冊》（一九七五），它只是一些詩作，及一些殘骸（相對於當時大而不當的構想而言），對於詩人的立場，也喪失同情。

「……如今，我是個善於杜撰喜劇的嘲諷者，喜歡刻薄審視那些感傷的事故，吝於付出同情；傾向於作一些和自己意願相違背的決定。」（〈奧義書〉）我自辯需要更廣闊的經歷與省察，來作更有實效的建議，但我知道，對於人類最可貴的感性世界來說，這絕不算進步。

在《畫冊》時期，我自以為已妥善處理的知感問題，從文學領域扯進更廣大的考慮後，有了新的，實踐上的鴻溝。

我不能說我的想法有什麼重大的改變，其實，此刻的我幾乎是以前的我及諸條件所必然發展出來的，諸如人格結構、經驗、探索事情的方向、態度。但是此一時期，我對整個社會價值體系變遷的關懷，是超乎藝術創作的。但是它們之間有一種極為重要的關聯，這使我不得不把龐大的心力投注於兩者重疊的重點——它們所依據的人性基礎。這些困擾著我的課題，我也許在下一本非詩集的作品中提出。現在，我回到先前的抱怨：

這本書——《光之書》，它沒有計畫，全書沒有確切的目標，與作者的學習進度脫節（我們可以品味一下序和蕪雜的內文的差別），甚至和作者的心態脫節（〈芝麻開門〉），就這層意義來說，後期的少數作品，是在無意識的僵持或慣性下的產品（像〈見聞〉。我所以繼續喜歡它們，就像我對詩最後的執著）。

總之，這次，這冊集子，也許沒有足夠的脈絡來定位此一時期的詩人。

我相信這是一個過渡期。但是，是什麼境地的開始呢？在未知悉以前，我暫且稱它為「結束」，以往帶著雜質的信念，不著邊際的洞見與不成熟底自信的結束。但我必須申辯，我從不曾在自身發現比那些更好或更可愛的素質，我也拒絕承認，對詩作而言，主張有其他更精確更具說服力的價值依歸。也許對生命而言，有。

我無法確切地了解，為何會把創作的倦怠與思考的成熟聯想在一起，「我無法阻止自己更廣遠地介入現實，我不願宣稱它，但我確實是。」（〈語錄〉）

的確，以「群體」出現的「別人」，是我不願太早引進的另一難題（那些自以為是地揮動這尊貴的主題的人，我往往帶著歷史的創痛去迴避他），但是（「但是」這個字眼，這被頻頻使用，以至於從中找不出肯定之結論的字眼，幾乎是我自我批判最基本的辯證樣型，問題的表象，往往被它發掘得更精確，更深入——我們在相涉於人的命題上，有所保留，也就等於留下犯錯後的餘地），由於生命正常底操作，他們開始頻繁地闖進我的思維裡。我的好奇心，早已從個人的心靈，推展到文明的取向。

但是，無論如何，這改變是循著有著學術效率的路程而來的，我指著，是書院時期所檢省與學習的種種人性資料。鬼雨書院的宣言，第一段話題是：

「我們相信，以更均衡之人格來處理無窮的情境，將勝於期待一完美法則來規範我們對所有事件的處置。」

太多虔誠的人，傷害到他們所信仰的智慧，直到它成為笨拙的教條；倫理法則無所謂過失，只有定義或實行它的人有過失的可能。孔子或康德大抵也主張個人改良應先於社會改良的（我們不敢如此說，但我們至少這樣以為——思考者本身必先自求改良）——雖然，這樣的想法若被簡化，將由於「個人」與「社會」意義上的錯綜，導致粗糙的雞與蛋的兩難式，我無意擴充這部分的爭論，無論如何，我深深為孔子論仁的方式所吸引，他的「仁」字訣，在成熟的人格中可處處自然流露（那像一種不凡的藝術創作者面對體裁時的從容與體貼）；而在俗儒腐儒的辛勤中，則不免又落於《漢書．藝文志》所慨嘆者了！

人自身同時是他思索最大的障礙，許多時候，那些偏執的理論或信念，只是他們人格結構的傀儡或偽裝，而且，任何關乎價值的理論，都必須經過「作為實踐者的人」以實踐作它最終最後的闡釋。

總之，我希望有一天，能從「人」，從人性的基礎來肯定我一度熱中的藝術創作（拓殖內在宇宙如何必然地和價值，和文明產生關聯），否則，我會跟著或先於別人去忘記它。

相對於這本詩集，這篇序文是失敗的。因為我是在極不適合的環境下寫的，因為，有相當長的時間，我（由於知識）處於精神上不穩定的狀態；本來設計的主題一直沒有展開，壓抑在心中的另個主題反而隱約地閃爍著。

但我沒時間重寫，我將在七月服預官役。

一九七八年六月三十日

一九七八年十二月序

這本書在計畫裡應該是半年前出的，但是我必須在這段時間內處理許多事務。而延緩出書，並沒有使忙亂的狀況改善。

由於設計的變更所留下的另批稿子，我希望在下本書時，仍有足夠的勇氣把它們印出來。

目次

【輯一】僻處自說

【輯四】麻雀打斷聆聽

光之書

僻處自說

Dear R的白日夢

19770404

一天，在花叢後的水池邊
聽見兩隻麻雀在拌嘴
其中一隻說 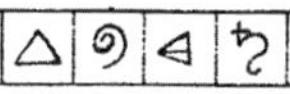
另 隻說：
另一隻又說：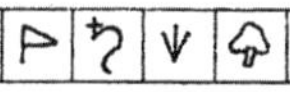
那隻又說．
這時一瓣落花落在蓮葉上
風也適時起了
我看可能要下雨了
那隻麻雀又說 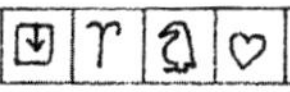
沒說完另隻又搶著說：
然後雙雙飛走了
雨下了起來
一陣露珠搖幌
麻雀留在原地的對白
就被風翻譯成：
「我愛妳至深，至退休於飛翔」
「我愛你至深，直到喙脫羽白」

何時

何時我才能攀登你冰冷的豎琴？
當樂音藏匿，群眾隱去
工人從後排左方依次清理座椅
我對你的思念陷於糾布滿地的電線。
然後他們收走電線，並示意我離開。

那時，我迅速想起一些人，就如

而且有一天，我會走在異國的街道

一九七七冬

我們未來的酒坊的廣告辭

極可能，我是個會迷上名伶而為她奢華的那種詩人
極可能——但我想應該不會——我會是個因追求她未遂而
敵視一城藝術的人
我會捂著酒杯，幽然而嚴肅地說：
「關於那聲狼名藉的女子，
你不該以她來衡量我——該以我來重估她。」
極可能——可能就是了——我錯了

但誰能在我戀愛的國土上說，說他是對的？
W每夜來酒坊演他的劇本，說：「她。」
L說：「她對，他就對了。」L新換了銀邊眼鏡
全城哲學第一教席L
那夜打烊時，R走過來重複他的詩句
語氣充滿祝福：
「所謂時間的壓迫感
是我們太多的愛。」

一九七六・六

青鳥（談孤寂）

午夜，我偷偷跑到古市集廢墟，又和那些歡聚的精靈廝混在一起。這兒是航入永夜的港口，我看見大帆船在巨廈後頭緩緩開動。風聲。帆聲。翅膀聲。

Dear R：我想跟你談論孤寂。到那村莊的道路已被冰封，好幾個月，我的信息無法傳遞給她。那兒的彤雲在低狹的天空移行，如急駛出港的艨艟，那兒潮濕的木屋，發出漆黑的光澤，天空放纜遠去，啊！沒有任何宗教或慰藉能到達那兒，那因為太遙遠而顯得太高的地方。Dear R，我忘掉姓名來與你傾談，談孤寂。好像時光正在焚荼我的背脊，而我坐在你的對面描述它的光熱。

Dear R：我們在暗室裡掛起一扇扇的窗，便看見了外頭放牧著翠綠植物的陽光。我們也看過滂沱的雨放牧著泥濘，虹放牧著被鳥瞰的風景，雲放牧著被傳說而看不見的星星。而我們在斗室裡隨著地球移行。

Dear R：請讓我繼續留住，讓我蜷伏案前，你繼續說，再十年，再久。我想和你談論孤寂，這次，我們跌進女子們的匿名，我們討論園藝，反對盆栽。是的，我們的情緒漸趨高昂，我們更畏懼沉默的來臨。

Dear R：讓我輕輕喊你，在暮年的時候，握著你的名字入睡。

一九七六・七

僻處自說（談孤寂）

為了不辱沒對妳的情誼，我將慎重選擇下一位戀人。

Dear R，讓我們來討論孤寂。在陷落的城池裡。我的激情像遠遠地瞄準岩岸想衝過去碎裂的浪群，我的頭髮因疲憊而變色；一切過後，剩下我的悽愴是剛泅上岸，不落實的呼吸。讓我翻身仰臥，Dear R，在風糾纏不清的旗裡隱藏妳。我睡去，然後，讓我握著惡夢和妳談論孤寂。

啊，我怎麼能夠和妳談我神祕的籍貫？談孤寂？我只會說——我以為，我們應該和另一個星球開始戰端。人們雖不能理解，但會緊緊團結；那時，我們趁機教他們唱歌和跳舞，那時，全人類將離鄉背井，來到夜涼如水的撒哈拉大露營。那時，我們偷偷帶一群孩童，冒著星際的砲火，去挖掘古墓，那時，而R，所謂孤寂，是妳拒絕了我，緊接著失散在茫茫營區。

他們把我軟禁在我心底。Dear R，沒有人知道我的下落——即使在我面前。

他們打聽我卻在忘掉我以後啊！虜走我的人就再也沒出現。甚至戰事結束，忘記遣我還鄉——啊！我原本不想跟妳說，Dear R，所謂孤寂，當他們撤走沙漠上的營地，妳獨自留下，背對遠去的地球，呼喊我的名字直到它開始生疏，直到對愛開始生疏——所謂孤寂，是我在荒漠證實對妳如上的想像全未實現。清晨，Dear R，我醒自回憶，這第二天依舊美麗。但顯得多餘。

一九七六・四

賦別（談孤寂）

於是，我背著畫架，到阿爾及利亞當傭兵去了。
因為，我在荒原上遇見另一個孤獨的人，她卻剝走我僅有的孤獨
於是，我黯然脫出她的懷抱
在雨停的雨天。
我的心像震裂的杯子，不能再碰觸任一種風情。
否則，我將潰散了我風般逃遁的行色。
我獨自留在室內，耐心地，仔細地重建被女孩翻倒的我形象的積木

充滿哀戚——啊——我眼眶裡一種重瞳的感覺
我不時地自言自語，以緩和獸般傷口，一直到，而所有的寂寞像衝
進客廳的推土機
於是，我提起畫架，把我的視線躊躇於遠方。在雨停的雨天
執手相看的，是涼馴的倦意

我的離去，一如花的種子
但如果它落在，不是醇厚的土壤上，
呵，我怎麼能夠忍受，我怎麼能夠忍受我的離去沒給妳留下一些憾
事或悲傷呢？

一九七六・六

傳說（談孤寂）

Dear R：我們將荒蕪大片土地來安置一座綠洲。

一個無關乎任何宗教的神，一個無關乎任何神的宗教，他們在文明之初相遇，而彼此發現了信仰的契機——Dear R——那便是孤寂。為此他們必須結合，即使作愛，在所不惜，然後，他們，一對和善的男女，將帶領眾人走下山頭，在那冰磧的泥濘，昇起炊煙。

Dear R：忘記你的手，當它在我掌中；忘記你的愁苦、當它在我心底；忘掉你的貧窮，忘掉你的故鄉，而我，我將忘掉語言，來和你談論孤寂。

我將忘掉孤寂來和你傾談孤寂，當我們的子嗣在廝殺、纏鬪——然後遠離，由於旱災。我朝上方，指著天空，朝遠方，指著天堂，我們如何分辨天空與天堂？如果有人站出來回答，他就是篡奪我的人，他的智慧，不足以和我們共同徬徨，但熱忱足以引動人群，Dear R，眾人將因他受苦與得福。並放逐我們。然後，我將全心全意和你研談孤寂。

然後，我將和她同陷情網，在大洪水的前夕。

一九七六・七

舞會

VII

因為生命如此短促
我們必須即早知曉對彼此的愛情。

VIII

竊語及曲解
我們回贈以花和特立獨行

IX

在人群與德行的縫隙中擁舞
在布石壘壘的荒溪

X

我們焚燒船和橋梁，決定

涉水過去
為它造三日的糧爨

XI

讓肉體們張望
在黑暗中，因為
我們看不到陌生
我們就原本互識

XII

在昨天還未離去前
讓明天等待讓它明天下午再來

I

此刻，讓我向妳及妳的腰身
宣稱我白晝的孤獨。

一九七六·六

憊夜二三首

請以妳底吻凝視我

請，請以妳底吻凝注我
揣度我的孤寂需要這無邊、賣力底關注
是不是？貴潔的夫人，我的，我是可以理解的。
鬆開妳的髮爪，讓我卑誠的心漏網而去
並擇妳雙掌之一落下

在妳縱恣底丹蔻之間

在夜雨的港邊
太年輕底夫人，在夜雨的港邊，妳挺勁的裝束
誇飾著妳的離愁
但是妳的離愁
撐不住太長遠的承諾
妳急於探問我的航程
卻沒覺察到我擱淺的心
「請，為我維持妳的髮型」

假若我不能從妳腰身探索出我的航圖
從妳的頸項聞及陸地的氣息
我們的船還能找到返航的方向嗎？

貴越的夫人，在這儂夜裡——我們閉目啟程
往被時間湮沒的港口駛去
在我年輕時，此刻，我不拒絕妳帶給我的惡運
在儂夜裡我向妳如此說，宛如對情人又好像水手對他的神祇說

一九七五·七

然後他們來到荒野裡

眾人散去後，他若有所失地留下，在雜亂的腳印裡遺有她的鞋，細雨停了一陣又開始下了，下在草地也下在遠處的海上。他和她隔了一百個世紀在高原傾談，那時她脫下鞋，以縱恣的舞姿奔跑，當他追至崗上時，發現了這座海洋。

他面對這深奧、龐然的景象深深地呼吸，莫名奇妙的疏解讓他淚流滿面。

海帶來飽滿的水氣及更密緻的細雨。然後，從他的時代裡他被刷洗

下來
眾人的聚集，是毫不相關的祈神祭典，但來得太快
他從崗上下來甚至還來不及收拾那雙白鞋。他跪在泥濘裡，一些小
花被塑入狼藉的腳印裡，雨下在草地也下在遠處的海洋
然後，他的小女兒從村莊上來找他回家晚膳，啊他那因為真實而致
不完美的愛情，但小女兒是精采地溫柔而可愛的，他們走過半掩的
鞋
「我們晚些回家」
然後，他們來到荒野裡長滿雜草的競技場。

一九七六・九

黃昏課

她遞給我一束花，說
「我從墓園回來」
啊那幽邃的墓園
墓碑在花海裡永恆地航行

光之書

光之書

光之書

在星辰的雪崩之下，產生了聲音
聲音產生花朵
光產生了黑暗

1

火的變形，最初是海；海的一半是陸地，一半是旋風。

I

我曾有一匹飛馬，肌膚飽含雲彩。在我童年之前，我的顛簸來自飛翔……

它龐大桀厲的景象，上升，橫流，成為我第一個惡夢。

那座花園，叫時間……

鷹的飛翔和做夢一般流暢，在失速以前，我還以為投入安穩的睡鄉。

II

……我啼哭，因我如此地畏懼睡眠，在明晨之前，我勢必解除一切警覺，讓生命在黑暗裡遊蕩、迷失、乏人照顧；讓黑暗指著我的眼瞼施咒。

任何敢於涉水的罪惡，都可將我溫馴地駛入大海。

……啼哭流通了空氣、交換了世界，箕張了腦的巨網。

這是視覺構成的方式。如果我曾經被第一個黎明所驚懾，因為光是強大的實體，撥不開的實體。是固定不動的疾風。
我在光之海裡處於被溺斃的危急。
而且在溺斃之後，母親安穩的手掌就在海底哪！

III

我曾遠遠地瞥見宇宙。

2

火說：「進來吧！這裡也充滿了神明。」

I

睡夢中幾尺昏燈之上的爭執逐漸明朗
我的睡意便擱淺了
我還眷戀著的一塊乾淨之土在睜眼後失去。彷彿從另個低霾底天空下又昏昏睡去。

II

謫生是無法彌補的損失，我們在光裡面，我們是流動的、暫時的，這和它構成鴻溝，我們在光裡面，我們每一寸皮膚和他接觸。我們卻怎樣也無法進入到光，光，他的世界裡面。

III

因為我們是黑暗的分枝。

3

而美只能使我們歎息。

I

陽光從枝椏間落入波紋裡
如神濯洗的餐具

II

昨夜，唉，在冰涼的地板上，我埋葬了我的影子

光現身為薄如蟬翼的鑲嵌畫，它預示一座殿堂無聲的倒塌
如揭下面具的夢，光只是一種只存在於黑暗的光。星星就只
是星星，也不是光。
昨夜，我到結冰的河床上散步
突然光像一輛疾駛的馬車剎車在我面前
我滑進百花盛開卻睜不開眼的國度，掩面而泣：
這個場所漠立，不曾被時空界限
因為美只能使我們歎息
而我們只是夜的分歧

4

我們原和它一同運行的，但從我們死去開始，我們遠遠落在

它後頭
I 昨夜，在鷗鴞的惡夢裡，我在沼澤遇見妳，妳從死者的身上
踏過，涉入湖水，潔洗妳的足，洗出一條光之河。
我們在山頂上接受星星的款待
在雲裡栽植花卉
I 火說：「進來吧！這裡也充滿了神明。」
像一群被平民驚嚇了的貴族。他們的姿態多麼好看。
他們多麼溫和。

憂鬱地遺傳著血友病。
他們被困在單拱石橋上
人們向他們投擲石子
擊散他們水中的倒影。
「還有天空的浮雲！」
那些叫囂著、敦厚底村婦

II

神因此統有了天空
神因此統有了天空，但他們在宇宙之外喪失了地球。當夜幕低垂。他們很快地被山和海絆倒，摔進蔬菜園裡，並忘記了返回天空的路線。
革命如火如荼。

6

火涉溯著溪的源頭，終於來到女子的床側。為了吻她，他必須熄滅自己。

I

陽光從枝椏間落入波紋裡
像神濯洗的餐具
我把臉埋入溪流裡，感到容顏在水中溶解
時間輕快從兩頰滑過，沒有激起一絲水花。
水面橫掠一片光之雲
分割我的靈魂——在光裡有噪叫的蟬聲，在水裡，在水之光裡，我摸索見一扇淡淡高掛的窗。

7

在時間的流砂裡，我的影子是如何沉沒
光是如何滲陷。

I

在雲底下，我們都是流動的。
我說它正在頹圮，因為風的孽息，因為風也風化為建築。
而每天清晨，建築以光點的規模向上剝落……
我曾從樹叢後聽見每塊磚石掙扎斷裂的聲音，我看見它在眾人午睡時多出一個牆角，在夜裡暴長出一層樓。
每當雨後有雲褪色，而我憂鬱著拱窗精緻的窗臺從憑窗者的手底崩塌
因此，居住在其中的女子們，對我而言都是神祕而不健康

的，更不提她們豢養於黑闇樓裡溫馴的眼睛了。

II

除了天空，還有什麼更大的形象能讓我們託寄信仰？
我看見，那是光，光的海洋，光的寢宮，光的華廈。
我的肋骨將向它舒展，像一叢野花
以裸棄的屍身向命運諂笑。
並且，以一叢野花的寂靜，察見天空運轉的軸心……

8

雲之雪白是否足以解釋天之蔚藍？
我之困惑是否足以解釋世界之深沉？或僅僅是無由分說的單純？

I

當陽光射在寶瓶宮的瀑布上
從水霧間飛出的彩虹是瀑布彈奏的七絃琴。
當陽光從水簾上取得他的顏色他的聲音
而美只能使我們歎息
當她如Nessus的血衫，成為我們生命脫不下的苦楚

II

當陽光落在草地上，像被放牧的群羊，落在大海上，像被鯨
追逐的帆群，落在鏡上，像深入光之土壤的井。

III

Dear R：我最心愛的妳小小貞慧的德行
使妳不再快樂、羞怯地讀我的情詩
Dear R：我掩著嘴呼喊著妳。
竊喜於獨占了某種憂傷或歡愉

IV

在最需要掩飾的時候一度躲在黃檀樹下啜泣。
陽光使我們感到疲憊、透明。
無所遁逃的一無所有

9

當他從永恆死進這個世界
在對與錯之間，我選擇美麗

I

在那森黑的長廊裡
他的聲音在我身後出現
「今夜他將重回到此地。」
「誰？」

「但丁」

他繼續向上搜索，並凝聽

血絲在他突兀的眼上游動。

抗拒並對強光充滿誤解的眼睛。

II

他是那種把危害積蓄於善意之後的陌生人

他的眼睛可以聽，可以嗅，他整個靈魂懸浮其上

呵！只要有一道光便可以殺死他，漂白他

而在森黑的柱廊裡，但丁的腳步聲不停使他亢奮、壯大

我將被挾持進地獄，而街尾苦候的晨曦不現。

III

我是一條凝重的冰河

是光長期壅塞的血管

隨著血管的縮收
我沿途留下子裔般的冰磧石

10

我們到了銀河的出海口

I

整個銀河的孤獨襲來
Dear R：那時刻，我司掌果園的月亮和司掌愛情的金星正落
入人馬座，我的水仙落入妳自憐的水鏡
我的髮掌風，脣掌火，血殷紅

II

「但是，我們的愛情，是靈魂的紅向位移。」
啊不，我們的愛情，我們失敗的愛情，就只是愛情罷了

列柱包圍的天井中大理石鑲邊水池的所有光躍昇起來
我再度聽見金鐵的交鳴。
我如滿盛血液的水晶杯，佇立
如出聲前一剎那的盈溢

III

我們對光的遲疑一如奧菲斯對他甫出地獄的愛妻，因為那歷
歷如繪的永訣哀思取代了其他真實。他對命運已累積出受虐
的情癖，當黑暗又召回攸麗底斯時，奧菲斯由於他重獲的悲
痛而釋然。

IV

而光學會折射。

11

時間，是一條無際的大河

他還要流進更大的海的。

I

我們把自己放逐在胸次裡。

我們是如此匱乏。除了風景只有滿口袋沿途各餐館的火柴。

II

一連串日子以奇異的感性蠕行。以冷面。那些冷漠的面孔訝異著彼此雷同的面孔。在日子的行列裡，我東張西望，因為一件不可駕御的事，呵，我神祕的希冀，像雪花般張弄呼喊。當我忽略了眼前諸事件擺設，我就不自意高興起來，我迅速退回我的木屋，在暗處透過窗花向外窺看，在木屋裡，我的希冀被黑暗妥存，正如親密招呼的妳被陽光妥存。

大凡美麗的女子才剔透了時間的意義而值得一個顯著的凋

零。

只有風格留下

那些女子啜飲易逝的絢爛時

朗然說：「來！和我分享它。」

陽光絢爛起來。我知道她們，認得她們，及她們盛妝樸質的過失，於是我將把我的過失交出去，在陽光下欣然起舞。

12

我已愈傾向於深思，不輕為文

I

Dear R：今天唯一的事：落葉紛紛。

II

春雨輕輕地降下文學院的天井

III

我陰暗的研究室靠窗的桌上
一個午睡不成的髑髏頭。
她進得門來，解下絲巾，在窗光之前
一陣枝葉扶疏
我靜覷著，而她已一身女奴打扮了
春雨輕輕地進駐文學院的天井
和每棵清翠的樹交換了一個眼色。天空已埋伏許久
但盛放的花使他躊躇
——妳，知道今年春天的第一場雨是怎麼下的嗎？突然間斗
室以一種昏暗的狀態亮了！
妳知道雨又如何短捷停住的嗎？在一陣輕微的人聲喧譁以

後？
雨在小樹林裡引起了天空和枝葉的爭執，又如何讓風介入，
讓天空在我們的視覺與肺葉中擴散
而斗室的光線甦醒了，在我思考的陰影下蠕動。

13

雨在雨中乃光之雨

I

我已傾向於深思。或者憂鬱。

II

Dear R：相對於愛情，我只是個鍊金術士。

III

我焦慮，如未被發現的定律
呼之欲出，如大教堂的鐘擺

IV

在我眉之顛，是驚濤駭浪，在燈下，在木造的議會堂，我是
個科學家（天文學家）、醫學家兼內閣閣員，枯坐最後一
排，玩弄懷錶，他們通過訂定一個花跟酒的節日，為此雀躍
不已。她像個旁觀者站在時代外頭，雖然在南方度假。
想她疾去的馬車是趨紅的光譜。
我如何專心於王室的復辟？
愛情將使我腐化為一個詩人
宇宙外圍的變遷比我們心念轉動還快，我被有限的認知能力
禁錮了我的靈魂
我是個天文學家，在白天，這是一項虛無的職業。

狐狸說：「你為了你的玫瑰花所費去的時間使玫瑰花對你顯得那麼重要」

14

I

我無法了解那麼一個靈魂，尤其她誘使我的墮落。

我的左眼走過一個持著火炬的女孩，當她走入我的右眼時，我不曉得在我兩眼之間，她又播撒下多少憾事。她的眼裡有地窟裡全部的黑暗，她的心是長埋珍寶千迴百折的地道。

我只能從她眼裡意會並遵循少許淒涼的命令。

因我是如此地想聽她說話。

她奪走我的火炬

在一池漆黑的水前。
光怪陸離的倒影綴滿奢欲者的金冠
當一切的付出皆已枉然，這是真愛。

「我將被妳囚禁嗎？」我忍不住傲慢地探問
「不！」她把臉貼在我的脊上，旋即離開
像化入水裡一般沉靜地離去，不再出現。

智慧是我們自行選擇的孤獨，愛戀是等待意義來填補的寂寞

我還能說什麼呢？Dear R：妳就是奪走我爵位的人，以妳的
溫柔和不確定。

15

我為我感到屈辱，對於P的愛戀，我需要以對於妳的愛戀為支柱。

16

如果祢也有憂思
請以祢的憂思加冕我的憂思

I

我整夜守在那家木造的咖啡店裡，我終於單獨覷見那顆留現於山後的彗星了

II

這就是了，我守在往山頂的公路旁的咖啡店裡，他們把我單獨留下，趁午夜上山玩雪去了。我一個人，我是這麼興奮，在清冷的街上等基里哥來他的畫裡。

III

所有地平線都鑲上夢的金邊，相對於光，大地是孤立的。

IV

圖象化的星座從繁星中浮現，那龐大無匹的水晶結構欺近，帶各種杯觥交擊的樂音。展現眼前是一輪滾動著的坦坦黃道面。那相互折射、繽紛一如酒庫的光的建築，欺近，如傾斜的神龕，以十萬倍巨大於我的意欲：「我們帶你走。」我凜立於風裡，凜於自己，我刻意孤獨的貴越得到了證實。祂越過顯眼的祭司，在人群中看見我。

17

在諸黑夜之間，她對於黎明的選擇創造了黎明。

I

昨夜，在他生疏的和悅裡，我彷彿看見遠古東方君王的威嚴與寂寞。

II

女子們都說他是個殘酷但溫和的情人。而我該如何描述他呢?當神和女子們都選擇了他。而她,像他這樣的人,是需要設定這麼完美的人來疼愛他,崇拜他的。她必須先於所有人去信仰他,一如他的妻子。母親。

III

看呀!那對和善的男女,如何在騙了自己之後,還騙了我們。

18

妳說,為什麼我們在深愛著的時候,總特別憂鬱?
我想,這是真理一個小小的缺失

I

昨夜，妳如何向我開啟神的花房
晨光罩住了花海的上空，所有香馥和顏色向光回溯，攀爬。
至妳胸前第二顆鈕扣。
除了妳今後的神色，我還能從什麼地方，判斷昨夜與夢境的
差別？

19

我的孤獨就好像
和十萬個陌生人
露宿在雨泥濘的曠野

20

在我哄他入睡前，他不停低低重複著

「不快樂，深深的不快樂。」

I

當我的睡意擱淺，睡夢中幾尺昏燈之上的爭執逐漸明朗
當有人偷偷談論我，而且有了爭執，而且有了結論。

II

當我醒來時，他們已都走了。留下偌大的客廳。
整個星期我傾向於自憐，閱讀一些冷門書，並偶爾背誦我得意的詩句。窗旁瓶花許久不換，只有外頭的陽光常新。

III

在陰天
我們在唯一沒有雲蔽的青空底下，即使白晝，也有星群遠遠照射我們
在雨天

我每夜在簷角收到星星寫給我們的信
在妳寬愛的丈夫枕邊
我是妳多事的守護神

IV

在雨天，光像一種避水遷居的生物，爬得屋頂、窗框都是。
將近黃昏的時候，
甚至他們還發現了北極光。反正，就是北極光。

21

我曾探尋過雲縫間那張清癯的面孔
雙瞳的曠野，雁影猛追落雁
在彼合而為一，在彼只見一卸妝的少女
到了這個季節，我就想我就想

想妳

枯蘆之外，化雪時，我曾走過村莊的泥濘街道
整個沉鬱的天空頹坐在村人的屋頂上
因我曾看見一隻寂靜的鳥
負載不住整個天空而跌撞於炊煙裡
跌撞在炊煙裡

22

我們困守於天空之外的木屋

I

星群的棋布是一種樂音

你知曉那些樂音
因你有孩提的心了
你被放逐了，從此以後你屬於全世界

II

我們沿著山溝走下野花的源頭，登上相思林的岡丘，眺望這晴的小港。我們漫步走過忙碌的碼頭，找到半攏著窗簾很精緻的一家Café。她們叫了一小座蛋糕，點了蠟燭，低唱。我的目光落在遙遠的積雪的山頭，以及視線所及的天空。我凝視玻璃窗上晴得發暗的晴天，凝視是進入它唯一的途徑。雖然這均勻而充滿深思的場所，此刻沒有一點光的跡象。

III

上午，我疲憊地回到這山湖邊的小鎮，穿過賣花的婦人們，返回我租賃的旅店。陽光，街景，喧譁及花香從天窗崩塌下來。我攤開的書已布滿了灰塵。
我曾在月光下窺浴
在晨霧未散時，划向那座古堡

IV

下午臨街的閣樓下
悅耳的世俗樂曲
我隱士般想念起山下的愛人們，雲層之下的友朋
我從窗戶看見一條開向湖心的小船

V

晚上，我拜訪了山頂的天文臺
星的客棧，光的燈塔
打掃的女傭是個退了休的女巫
相貌和善，精通占星。

在巨大的望遠鏡底下：
「為了你在出生的時地之間失足
你必須寂寞一個光年。」

23

像隻孤鷹，以氣流經緯他的世界
來往於星球間

他飽滿的航線
在文明、廢墟與打烊的店聚集的靜街上

I

在命運之下，他對於命運宛若脫韁之駒。

II

他出現在古花園門口，平靜而不安詳：
請跟我來

III

呵，你是不會感到安全的，即使我一直企圖保護你。
過了苔侵的噴水池，一片蔓草半掩的石板地，上了石階，穿
過無窗無穹的樓墟。叢莽盡頭鬧區中心，和盎然生氣如此接
近而年代久隔。它
殘存在黃昏的寶座上
所有喧囂被光陰過濾後，皆成風聲

IV

我是否有權來洩露自己的底細？那樣眾神將痛失其祕密。陷
身沼地，這曾是花園，光棲息的花園，如今，強韌的花和瘴
氣，平靜而巨大的菌類。哪！他們漠視你，這塊地方，化石

的淵藪。
一隻籠內翻滾的鴿子，我疼痛，太忙、太亂、無暇顧及自己。

V

我是否有權來洩露自己？
神祇所有力量都來自神祕
當我睜眼、張口
眾神紛紛藉著光逃遁
撥開重重枝葉，在光裡天空和地面是沒有距離的
我將告訴你記憶的源頭

VI

24

問題是，我常常散步的那條靜街，冬凍潔白的街面，事實上

沒有別的人去過——
但我在那邊遇到一些陌生的人。

I

終有一天，祂們將用雷聲訕笑我，用雨奚落我。
光隱藏祂們的笑容。祂取走我的視覺
說：「接觸我們，請用你的心。」
停了一會兒，祂又轉過頭來，傲慢地說：
「並儘量維持你的沉默。」
我成了善於道聽途說的
眾神的酒侍

II

「天空，是萬書之書。」
他繼續在天穹上完成他的壁畫
光從他作畫的雲彩後透過來
「天空可以解釋或稀釋一切。」
「這是鷹賴以飛翔的信仰。」
他一直賣力地為我工作
像沒落的貴族神祕的僕人
「要了解光，你得熟悉天空，一如熟悉那飽含視覺與淚水的眼瞳」
「而，黑暗是如何儲藏光呢？」
我突然從他深邃的眸中看見光宛轉而生。

我聽見光啼哭

III 那首歌不復在世上出現
而進入別的天穹
每當我想到想不起它的曲調
而它帶領著我，如同智者神祕的教義

25 光
退化成霧

I Dear R：當妳老去，彤雲低沉

晚霞是萬光降落的草原
我們不再上昇，而向四周擴大
我們乘著我們的邊緣離去
我們曾各式愛過
他們成為窗外急逝的景致
我們在光速裡，像最親愛的弟兄，握緊著手。宇宙已成為我們的記憶。
我們將豢養光！
光照在我們的臉龐上，我們相互說：
「再生。」
呵！Dear R，為此，我們勢必把我們的垂老遺棄在暮靄蒼茫

的水遠山長裡

■一個巫婆在廢棄了的樂園裡經營著旋轉木馬，雨絲被溫柔的風輕輕地托著。我不禁為我無所察覺地失去的童年泫然了。

一九七六・一・二十一至
一九七六・五・四、五度改稿畢
一九七六・七・十二、六度改稿畢

光之書

長夜為冠

異端邪說

這次，我不打算驚動他人……
妳靜靜躺下
停止滾動那疑懼的眼珠（它使我暈眩）
我來跟妳訴說暮年的遠行……
雖然妳溫熱的肌膚將辯駁我的酷虐
雖然妳堅實的骨骼招搖肉體的巨旗
憑適度的德行就企圖掩飾

生命里所有的缺憾
但我仍要壓低嗓子
像醉人底惡夜
湊近妳豐滿的脣
說：
而永恆只是死亡最美的辭藻……

一九七八·一·二一

在這最孤寂的一萬年里

——我的預感宛如落在雪地裡的火種

我來到這進入北極圈的伐木小鎮
沒有認識的人和語言
因此，Dear R，我將不再有機會提起妳
我還記得的，怕將被冰雪掩埋
將逐漸遠離地球，甚至，
我們的年代也將差池。甚至
我們的愛情也被存疑，了。

那是離地球最遠的礦山
夕陽攬海自照所成就的產金地
每日，陸續地，穴居的雲彩疲憊回返
我的一無所有，足以和他們傲慢相對
卻不足以寂滅心中最後的轉寰
「絕望，只有在絕望時，我一度了解到它的意義。」

我來到毫無人跡的地球背面
Dear R，錯誤對我們的愛情是必須的
這些乖離，就像文明，我們給它成熟底時間
（只要在我們的僵持裡，時間守候著為我們承擔一切）

我讓冰雪與低俗底文化掩蓋了足跡
為不使妳刺探我的懊悔

Dear R
但是，我沿著麋鹿與畫廊散布了我的傳聞。

（在世界末日的次日清晨
依舊下著小雨
一座鑲有松林雨景的窗
不知該掛在記憶中的那裡）

我來到這進入北極圈的伐木小鎮
頭一天便患了重傷風
距離已無可挽回地湮滅事件的實質
我來到這陌生的終點站
被播入土壤的種子
寂靜欲裂

直到那天，一夜之間，土著的傳說中失去我的蹤跡
我正沿擴張底冰河，回去做些龐大的事
Dear R，即使遲一萬年。

一九七六・一／一九七七・一　補

長夜為冠

ㄅ

全世界的海面都在上升
我們的沙丘也高與天齊。
我們在沙丘上的長夜之旅
由於歷史出軌
而恰好我們趕不及搭乘……

我已聽見銀河的潮汐
聽見星星爭吵著，秩序混亂地散場
以及我們收斂的呼吸……

全世界的陸地都在上升
就像預言者的晶球把我們的影子
掛置於天花板
夜空顯得侷促……

走過夜漁的人們
又遇見海灘上圍火低歌的祕密民族

我們的行蹤將進入他們的典籍
在月蝕與大地之蝕同一天的時候
從他們盛綻開來的陰影
陰影的欄柵下瀏覽著經過……

距離會熄滅他們熊熊火光

ㄆ
我如何傾聽妳的歌
當夜空明滅不定
我對妳卻有個晴朗的慾望

（當我噤下妳的歌聲
妳好歌的靈魂是怎樣直接震撼我啊！）

ㄇ

我們為了祂的降臨而熟睡
祂持花木立

ㄈ

而海面已為星空聾占
或者海已淹沒了整個星空

我們企圖以距離區分今夜與昨夜
由於黎明長睡不醒。
我們在一哩外擁吻
那時，我們在祂衣袂下
祂沉睡為海洋
祂的囈語
祂的囈語脹滿我們的帆。

一九七六·四

茉莉花魂

茉莉花魂
從寂靜的
百語之海裡
呵，美麗
就是她的足跡
她的香馥段落分明

只是初嬰般沒有眼睛

她舞蹈著
就用舞來舞蹈

在花蕊間，啊
花的海面上
風吹開她膠結的髮
向晚，風大
她孩提的睡意
濃愈睡意

是向初生之前走去的
眷顧之思

向晚，鳥多輕，是一枝畫筆
在顏色之海裡
由於晚霞的匆促
它拿不定主意的影子
往來她的軟額上，且更加深邃了。

一九七五·十

上邪曲

上邪

在最黑暗的時刻醒來，祝福妳。
誰也看不見眼前的深淵呼吸。
我投下一枚石子，去探測妳美目的深度
回響在一片森林裡迷失。
不復起

我欲與君相知

群山起伏如被窩零亂
但一片漆黑
當觸及冰冷的腳趾我堅實的感覺
如落水的石子
浪花侵洗若即若離的島嶼
手游過喉嚨和呼吸
只有絲綢的聲音
斷而復續
最黑暗的時刻我依舊感到你身影晃動
「哦，請護衛我」

長命無絕哀

我該如何稱呼妳呢？黑暗浸去了妳的名字
淹沒我最後一盞心燈
我不該這麼快就忘記妳的
尤其我還這麼依戀著妳
請不要離開。這樣黑暗，請至少留下妳的憂愁
風從妳背後吹來
我們成為它的甬道
甬道越來越深，出口終於退化……

山無陵

掩住歎息。
露珠該歸向土壤還是陽光？

我要土壤
在黑暗的時刻，請不要讓光線介入。
我們的愛戀全然是我的事了
但妳不要離開，要譴責我底溫柔
妳夠溫馴，太迷信。對待自己
夠冰冷

江水為竭

落花是無意的，但，唉
但流水卻涓涓成一追隨者
黑暗掩蓋它羞慚的神情
我將狡獪地呼喊它

將我暴露出來
落花布滿地上匯集一聲輕輕的歎息
妳使我的哀愁像
冬日的園丁

冬雷震震夏雨雪
我驀然記起光的臉孔
像我不流暢的言論
被說服以前的抗拒
那是妳的手嗎？只一堆雲泥
塗我的口
封我的心

封凍最信守的諾言
愛我之後，就註定不再有妳的故事了
可是有沒有我的呢？
我是這麼的少。
可是四周更荒涼
在最黑暗的時刻，萬物接二連三的碎裂
這時候為什麼我們不喜極而泣呢？

天地合
乃敢與君絕

一九七三・十二

風象

ㄅ

因為我企圖雕塑一叢草芒
企圖冰藏一顆露珠
我確信一朵花的睡眠記錄其中

我甚至在遠行之前
企圖誘拐一名天使
甚至已帶他走到天堂的懸崖邊上。

我甚至指著影子扯謊
以一種陌生人的行徑在故鄉招搖

ㄆ

「讓我們以生命的焰火點燃埋藏在
體內的
死亡的引線吧！」
我惡意的說。

ㄇ

一切莫非為了討好我閉目而舞的情婦
為她我解下翅膀，卸下肩胛，走出了骨骼之簾
去扣訪一叢枝葉

ㄈ

我知道，我唯一能作的，是搖晃它。
讓文明及襁褓嬰兒使母親憂慮
強吻或咀嚼花

搖晃它。那太高貴了的。拘謹苦楚的

ㄉ

我將一朵烏雲解纜，滿載花和香料
我釋放鳥，雨點
哎雨點，那些飛禽需要森林

ㄊ

「釋放土壤，」我說
釋放街道，那些井然於建築物的磚石
釋放植物的籍貫

ㄋ

我引頸張望
地球多麼孤獨啊。

ㄌ

釋放愛著什麼的我們。
掛念著什麼的
（「關於優雅
我的優雅，我只是個以優雅的姿態

向權勢低頭的人」）

ㄍ

因此，我多麼憚於向人提及，我的故鄉啊。

那高原冰封的村落

在天地接合的狹隘角落。

在彼雕刻山谷是村人的生計

他們每日以臺車、木筏

向我輕快的步伐輸送

沉重的孤獨

ㄎ

我的傷心是不可言喻的

ㄏ
沒有海黏合的地球
不就像我手掌上飛散的齏粉嗎？
我努力地思索瀰漫在出生兩端底童年
被出生所侵蝕了的
在地平線隱約底堡壘。啊。

ㄐ
誘拐孩童來到草地上
和我的情婦一同驚嚇他們
他們在我情婦的舞步中四處奔逃
成年以後，他們會否興奮而帶餘悸地肯定
他們曾經飛行？
ㄑ
成年以前，「算是前世。」我想
ㄒ
挽著我特立獨行的情婦，穿過暮色的街道。「釋放故鄉」
「釋放被土壤悶壞的根和種子」

「釋放童年和籍貫，釋放地球。」

讓我們留下寂寞

ㄓ

以陌生人的行徑在此居留

且奚落安定的人們

無非是，哎，我是

我的心日日都在出發的人

一九七六・八

夢雨傾軋

那是寂靜的午後，一個妳最該出現的時辰
隔著午睡，那些奇異的腳步聲輕微
是哪些神祕底過訪者呢？

我來到夢鄉的閭門，等妳急急忙跑來
接走我漉濕的傘與睡意——原先
還有一束花的，不知忘置何處……

如果妳曾說話，就在我睡去的剎那……

僻舊的小鎮有新的動靜
半晌，人說「下雨了。」
慵懶的貓進屋了，一些零碎的念頭還在遲疑
「比方說，
到對面的雜貨店
問問這個鎮的名字？」
比方說，擁吻。

在雷聲進駐底廢墟

雨綴飾妳的捲髮
我們若即若離，
像合看一本書，妳翻了一頁，我在一旁說可是上頁我還沒看完

在我睡著的剎那

在我睡著的剎那
我們登上雲層墜燬的山丘
妳遞給我的，是花還是笑靨上的紅霞？
——是否也對我說了話？
那些太輕的，降不下來的雨絲

在我掌中停停又飛開的
「那怯怯的快樂……
「比方說，我們隔著無盡的古牆
和幸福偕行？」

一九七八・八

點絳脣

夜更低了。
我們枯坐石階，
雪像一路翻滾而下無聲的銀鈴
寶寶，這是銀箔包裝的夜。
妳的頰冷冰冰，睡意，是溫熱的
一隻靜鳥從守候的針葉林前劃過，

過了河，一片雪地
不曾醒，也不曾睡過
河對岸，一片雪地
我們無邊的夢園裡一座無所供奉的潔白殿堂
寶寶，那些雪花飛舞，斷斷續續地說
細細瑣瑣地說。

我想，
他們在妳睫間發現了最晶亮的露珠嘞！
寶寶，夜更低了
壓著那片森林那片雪地

我開始關心那隻寂靜的鳥的下落，但
這只是很短暫的事，寶寶
妳傳遞予我的
不僅是溫暖，還有睡意哪！

一九七三・四

繾綣之書

世界毀滅那夜，寶寶，我們正在阿姆斯特丹的小運河上
有瘟疫，也許還有空襲。
我們偎坐在波光裡，一輛金車撞掛在對岸的欄杆上
寶寶，那是逃難的王后和他的小王嗣們。
我闔起書，暴動和遊行結合在一陣花香以外
中產階級者看煙火去了，住宅區的公園一片死寂。

妳闔起眼，寶寶。天堂從天窗跌下
我的吻，咳，把妳縫入夢境裡頭了。

直到一顆彗星從最奢華的旅館後面，為加冕地球昇起
寶寶，我們豈不是離他們太遠？
我們穿行於火炬森林，為他們低唱溫柔的歌
直到進行曲升起火舌，降下大教堂。

世界毀滅那夜，寶寶，我們逃家，在北非的海灘
海面突然暴漲千百尺，像人立的熊
但也只是嚇嚇我們而已。

「可是地球被猛推向星星最密集的地方……」
不要緊的，寶寶
我們將在那尋獲安詳。

一九七六·四

因為我們都有過德行平凡的女神
而且想禁臠她——

童話致W

為了那名貴潔的美婦
你寧願是串掛在胸前的首飾
貼近她的心，讓她溫暖妳

為了那名貴婦人

呵，她的眸盼顧，把清泉注進我們激情的心
你停止和我討論詩及其他女子
憂愁地從她散亂的盼顧中，被漏去

為了那名貴婦人
我們偷偷說了些小小的玩笑
幸福填補我們心虛的縫隙

為了那名貴婦人
她在每幅奢華的畫裡停留過
我們發覺自己的確很窮

雖然喜歡畫畫

為了那名貴婦人
我們想像的事業到了顛峰
她的一顰一笑都化作了文學典故

而我們的記憶將因她而甜美
即使錯置缺損
為了那名貴婦人
她輕盈走下舞臺像走進花園
你的眼睛比什麼都璀璨心更低沉

一九七四・二

光之書

麻雀打斷聆聽

麻雀打斷聆聽

一隻麻雀在對面的屋脊上
來回輕跳著
漸漸地我發覺
雨，是一場寂靜無聲的音樂會
誰會是這個輕巧的指揮者？
這時來了按戶送訊的郵差

沿花探問的蜜蜂，在萬樹之廳
敲打著鍵盤的啄木鳥
以及手如何在肌膚上化為流質。

風是一種嗅覺，使得下午成為觸覺
仰臥。使得屋簷恍惚。

雲孕載潮濕的光
有遠處的雷聲，在其上搬動桌椅
其後他探訪我的聽覺而恰好我有事出去了……
我們和花的鬥爭已進入巷戰
水窪周圍是情感與歲月的遺骸

像葬禮時傳來花香
死者們為我們開門
我們魚貫而入

在一千扇門當中
毗鄰而居的睡眠和死亡
我打他們面前走過
因為在此，我甚至也只是旅者
我推開思維，在他們之間輕輕坐下……

我推開思維，為了思維。

我要去的地方，必須
裸身前往
我卻要把整個世界夾帶而去

一九七八·五

一支蠟燭在自己的光焰里睡著了

一支蠟燭在自己底光焰里睡著了。

寶寶，讓我們輕輕走下樓梯。
把睡前踢翻的世界收拾好
妳還留在地毯上的小小的生氣
把它帶回暖暖的被窩里融化。

一支蠟燭在自己的光焰里睡著了

時間的搖籃輕輕地擺
死亡輕輕地呼吸
我們偷偷繞過它
寶寶，緊緊懷著我們向永恆求救的密件。

讓我們到沙灘上放風箏！
從流星在夜幕所突破的缺口
探聽星星們的作息
讓我們到妳髮上去滑雪

一切，請不要驚動了我們的文明。

一支蠟燭睡著了，像奇妙的毛筆，夢囈般朝空中畫著。

讓我們在打烊前到麵包店
購買明晨的早點
如果妳願意，稍後
我們將行竊地球底航圖

一支蠟燭在自己的光焰里睡熟了
寶寶，用妳優美嘴型吹滅它。

我們豢養於體內的死亡一天天長大
他們隔著我們的愛情
彼此說些什麼？寶寶
但妳美麗又困倦，睡前
那些情懷，妳歪歪斜斜地排置妝桌上。

一九七七・十二

實驗林

關於鴿子。

長久以來它們壟斷，並使得童話因此停滯成長
它們知曉我們夢中的祕密。降落毫無聲息。
清晨醒來
它們已數度神祕往返於陽光與綠地

當漫步底儀式因
趨從者急促底腳步而豐盈，零碎地
成為舞蹈。
因為聚集，而有了流言
像魔術師敞開披風
當他們躍飛！
引爆風
鑽射起無數振翅之泉。
當它躍飛
像聽見比葉落更隱蔽的鐘聲。

像標點，中斷群樹冗長的僵持
撒播我們的視野
棄置我們的對談與聆聽
且有光琢磨露珠
湖秤量雲朵
有些沉思是
我們盥洗未竟的睡意。

一九七七春

提那城美神的碑文

提那城的美神
過了三拱石橋
她的坐像立在廣場噴泉旁
透過哥德式市政廳頂樓的窗框望出去
最晴澄的天空
正是她眉宇之間的神采；
泉水映射斑斕的波光

是她最難以捉摸的表情

她的左肩停撲翅的白鴿
右肩停市政廳漸長的影；
周圍的花環奔跑著貧窮的孩子
她美到等同擁有一顆善良的心。
腳下的碑石如此寫著：
「提那城美神眷顧一切夢想
提那城的居民祝福所有企盼她的人。」
城裡的公車都在噴泉繞個大圈，直到深夜
那時星光搖晃：

「聽哪！提那！」天空傳來聲音
提那城的女神抬起頭來，她就是全城的名字
她聽，而且微笑

她說
「我相信黑夜和愛」
在黎明時，她說
「我相信太陽和愛。」
人們在廣場的角落將起造
一個聽她講過話的人——一個詩人的胸像

那是我
而我寫的詩將刻在她手捧的書上

一九七五・九

童話之五

就好像古代畫師許下的宏願
我們睡夢的風車們轉動起來

我們聽見鈴聲，乳黃的鈴聲
釘製著泉的靴子
聽見葉子摩擦，銀的，
我們的睡眠徹夜趕路，龍鱗藍底顛簸

我們聽見金色，緋色的，古墳場的風景的
起先，星星還呼吸般微弱著
圩田的地平線和海平線傾談著
然後像一朵飽含花朵的
遠航雲彩泊岸般地
甦醒的觸覺從微風分辨出來
夾雜下了也不會濕的小雨。

童話之六

當一個盛裝的小丑，在清晨無人的街上舞蹈。
我發覺，我被磨損了。

支撐著睡意，倚在街角
我想完成一些巨大的事物。
巨大就好。
像建築……

我快樂地在街上舞蹈
因為空無一人
或者使旁觀者以為空無一人；
在清晨的舞臺
世界與前程，是我急於舞過去的
哎，稀薄的布景。

童話之七

我們確實在睡前清查了明晨的雪橇
為馴鹿的方言起一點爭執。

我說：今夜，我打算和太陽在山後相聚
他興奮極了，喋喋不休
並談論著他如何把一隻大提琴改裝成
帆船的事。

尤其熱烈的，他希望他的兒子在兩歲時可以在公車上和他爭論黑格爾他又怎樣在關掉兒子的唱機並說「該睡覺啦！」的同時發現他正從事一部離奇的童話。
以及駝馬、巫術、國民樂派……
我只好關掉他床前的燈
說：可是你該睡覺啦。

童話之八

首先她必須賣力地舞蹈
夢土才會為她敞開。
星星才會像成熟的果實落下
花才會像海一樣沖激我們心靈底礁群
當她的肢體被賦與一萬個動向
她的慾望向宇宙吐出她的蛛網
在霧中緩緩下降

他將在其上攀登
她帶領他鳥瞰生命
身影投諸雲海，腳步疊吻星座
樂音大作，當他們盛裝並搖晃光芒
以及
在針尖大小的懷疑的穿刺下
永恆朝她閉攏又開張

一九七七·四

木棉花

我確信這些路過的花
看待我們是多少有些驕傲和驚喜的
鐘樓怪人般的樹椏捧持它們如
重重燭臺。
盛宴過後，
即歸熄滅。

來自不曾著陸的季節
衣著明豔，神容疲憊
它們測量街道與城市
三三兩兩瀏覽著商店的櫥窗
買土產
用特殊的話對談
我確信這些花
它們的靈魂將整批回去
那時它們像鳥作預言式的墜落
留下綠蔭，掩蓋道旁停放的車
那時炎陽逼視，將

隱藏了它們的去向
我確信這些花看待我們
多少是帶著驕傲與矜持

一九七七・五

淵藪

陰暗的走廊把研究室串起
牽它走進陰霾的天井
群樹和典籍過濾了市囂
雨，悄悄地進入沉吟的貓了。

對於誘惑者午後的造訪
我說：

「最近，我酷愛書籍。」
「最近，我屢將遠行。」
我說。
裁自古籍上的地圖
也小心收妥
我只需靜坐窗前
緩緩打掃著為落葉掩蓋的思路……
而一切，便恢復它本來的面目。
「最近，我重回深思，重回心靈的斗室。」
我甚至可以握著它，像握住

妻子眼裡的砂子
（關於她，我一直想為她編一則最美麗的謊言）

最近，我忙碌於悠閒……
事物始終地存在或不存在
這就是疲憊的作家安適底結論
對於誘惑者
我說不需要持刻意感傷的懷疑論
對於誘惑者午後的造訪

他來得不是時候。

一九七七·四

往沉思途中的見聞

（致ㄌ含羞草）

關於我的行蹤，我必須隱藏。

雲朵緩緩擦拭著天空
關於我的行蹤，我必須隱藏……
說不出為什麼

含羞草介入，是說「偶然……」
偶然便改變了一切。

這次我的心思跋涉太遠
幾乎失去了和生活的連繫
這次我的心思跋涉太遠
被輾轉販賣，四處為奴……

關於我的行蹤，我必須隱藏……
從疲憊的頂峰，我將鳥瞰鷹和宇宙互相追逐，
閱讀泥濘、碑銘。星星和每座山頭

連成的虛線……

（致ㄌ雨及山頂）

彩虹，神祇的意淫
她裸露雙肩，在冥想中若隱若現
整個天空循她衣衫的皺褶
滑翔
我們迎風閉目
聽見風裡頭關著許多精靈

關於我的行蹤，我必須隱藏

（致ㄌ花）

當雲紛紛在果園下錨或擱淺
因為來至夜間
我送你一朵花
你可以聽見，我們正走向瀑布……

（我們必已來到瀑布）

關於我的行蹤
「你必須隱藏……」
「在我的呼吸中」

噤聲，我彷彿聽見
果子們互相咀嚼的聲音
且從彼陰影中
移近的，你

我們相互呼吸

（致ㄌ荊棘）

我們給予勇敢更美麗的名字
希望在苦難中嚼到德行的精髓

（致ㄌ寂靜）

一九七八・八

光之書

西狩獲麟

蒹葭

——妳是昨夜枕在髮下的那顆深深睡意

1

妳，看見了沒？隔了一個盆地，一座夜城，和我們對坐的山，
正迤邐於萬燈之中，向我們，靠近？
他還在我們名字的背後，我們勒詩的山壁裡，以泉聲出沒。
他，螢亮著，湍流著，涓涓著，像說：「我豎著耳朵。」
「我一點睡意也沒有。」

我的睡意倒來了。

不說他，只有我的監視露出破綻，他

才能潛行得這麼近——妳看

我再把為夜包裹的，沉重的視線投擲出去，擲得更遠

妳看，他，那山，不正，正襟危坐於彼嗎？

2

「但，更近了……」

我的視線搖晃，因為凌燈而行的畫舫，載不動我
愈增的睡意。

（在蓮花盤紮的池中
我的睡意向他划近
岸在花叢中走避
蛙聲櫓聲不分
突然，突然整個池面一蓮高處——誰？誰點燃這麼多蠟燭？
這才發現，事實上池裡一朵蓮花也沒有。）

（在搖擺的舫上，我滿溢的睡意，往左邊倒一點往右邊
倒一點）

3

輕漪展開如夜空淺笑
燭光留在後頭，爭著替那漸濃的笑意描上金邊
（我的睡意，哎，這般嘈雜）
漆黑的睡眠湊近來看
（終於，在夜裡，妳發覺沒？
我們，並不是在蓮池內徜徉
而是，在大海裡，在大海裡流浪）

當我們聽見落水的聲音
一尊低眉的水神娉婷而出
蓮對風是敏感的

一陣波光瀲灩
將妳的倒影珍藏起來，我……
我的睡意在妳渾柔的光裡更安穩更安穩了……

4

（我俯視妳，以月光的澄澈
月光的規模，
妳，
在月光近距離的俯視之下
是浮在海上和島嶼等大的
蓮花燈籠
殿內千層千重燭
盛大供奉著
最隱密的心事）
「我對妳的情誼宛如昨夜一般生疏。」

5

誰以無意之撥弦？
我的睡意忽淺，
畫舫再無法溯行。
「盆地城市還在熟睡，
這是我們的契機」
他說：「我們就在此下船
涉水登上那片紫色草地」

6

他曾是和我對坐的山
現在，他在我的舷邊，震懾我如傾斜的洋面
慰撫我如天鵝絨豐枕……

7

而我睡意愈淺
藉由夢的照射，對妳端詳愈切……
萬千燈燭殘留妳眼
盈溢為波光
（帶給我夜泳者的悽愴）
淤積為
滿布蘆葦的池沼
美麗的對白還原為酣聲
妳逐漸成為不再相識的人

8

在布滿月光的草地裡，因為太長的夜
唉！我成了一尊日晷儀。
我的睡意愈淺，雖然如此依戀
當寒意剝走我們的暖意
草原雷同凌晨的城市（晶耀的露珠如同晨曦之前
逐漸稀薄的燈火）
更加清冽

但今晨不一樣
我在夢境中就醒了，急亂地找尋回程，但看來多麼無望
我遺失了我的船，我所出發的泉聲

妳，妳是播夢的種子
是我昨夜枕在髮下的那顆
深深的睡意

一九七五·四

蒹葭之3

風
冷冷地向我們取明的燭火瞥了一眼
那乍暗而未復明的一瞬
妳華麗的愛情
驚惶地向我探詢
「聽，」
我說。

風吹奏著群山……

一九七八・十

觀音

柔美的觀音已沉睡稀落的燭群裡
她的睡姿是夢的黑屏風；
我偷偷到她髮下垂釣，
每顆遠方的星上都大雪紛飛。

一九七五·八

寶寶之書（左卷）

凌晨，我們走在道德傾頽的城市裡
有霧、雨、雪、落塵和溝壑裡的蒸汽
街上，是貓的面具和蝙蝠的屍體
寶寶，在這景象之前，我們偎緊：
紙屑一張張吹過紀功柱
是噴水池旁亦步亦趨的鴿子
被掀起的路面下，充斥著蜥蜴和鱷魚

頂著繁華欲墜的文明爬行。
划過運河，有些在床第上叫賣的路販
我想轉移妳的注意，寶寶
但指不出值得記誦的事物
（當天空傾斜
遠處的鴿群，方向是逃離難船）

沿著蕪亂堆積的書卷
我們來到圖書館
在一張世界地圖面前
擁聚著靜肅的人們

困難地尋找
啊！寶寶——我們容身之地

一九七六・八

光之書（左卷）

「我來自敦煌」
他站在我的床前
光線四處塗抹
葉影在軒窗上滑動
我幾乎以為自己又遭逢奇遇
驚訝坐起
感到西域的天空全躲到我陰涼臥室裡

那沉船般的西域
埋葬無法辨識的明駝足跡
與華夷混雜的思鄉情緒
以至於我讀不出這夢境的含義

而他站在我的床前
遠方傳來瀑布的震動
葉影在軒窗上搖曳
直到我無意觸及冰冷的茶几
醒前最後的想像

才逐漸清晰：
在大漠中一條迷路的小溪
走上了天空
我從天空回到冬天的海島
天空充滿了光。

一九七五．十二

黑夜之書（以及死亡……）

雖然「死亡，使得生命有意義……」

祂溫柔地掙開他的手，說：「不用怕，我會回來的。」

他說：「我怕我再不能回來！」

遠處黑夜和死亡聯袂歌唱，

肉體們憂戚地和著

他把未享用完的榮譽和有瑕疵底德行交在一邊

背轉過去，背著祂問最後一個問題：

「可是，我要如何去相信，歸結起來，我還是不存在的呢？」

那時我必須向祂屈服，示弱，像一個驚恐的病人描述他的症狀；孩提時，我從惡夢的啼聲裡被哄醒過來，矇矓中，感到周圍婦人們瑣瑣私語——如今，我是多麼希望加入你們永恆的對談。

死亡是甚至在清醒時都會侵入的惡夢

（或者，它只是適切地打斷冗長的幻境？）

祂蒙住他的眼睛：「太陽落下時，你們的智慧和尊嚴要減一半。」

按著他的舌頭：「在你們的恐懼裡，語言得到統御你們的權力。」

摸他的臉。

那被禁忌統治的民族
死者家屬屈辱的哭聲起伏
我徹底不喜歡這個喪禮
那誇張禮儀的操演者，像死亡的弄臣。

……但最近我常在深夜中，被某奇異的感覺喚醒，它提醒我，我熟睡的靈魂正被黑暗所稀釋，篡奪，我必須疲憊地維持清醒。我正逐漸地被改造，聽覺與感官愈加靈敏，我深深憂鬱著無意間將碰觸到生命以外的，不該被察覺的事情。

在我哄他入睡前，他不停低低重複著：

「不快樂……深深地不快樂。」

我從來沒有一個時刻對肉體如此憐惜與厭棄，它承載著希望與恐懼，產生了醜陋與美麗。

人類因它而脆弱、怯懦……

肉體，其實是時間的人質……

我從沒有一個時刻對黑暗如此憂鬱，那時必須有人對我說話。「否則，死亡將對我說話。」「不會的」「但是，父親的逝去……」那真實到創生我的，已毫無蹤跡……

「永恆，永恆只是人們弄錯方向的記憶」

「人們都到那里去了？」我聽見他在惡夢的大廳裡呼喊。我慌亂地想把他拖回燈下的房間……

在我哄他入睡前，他不停低低重複著

「不快樂……深深地不快樂。」

一九七六・七

西狩獲麟（上卷）

我們冒雨趕至舞雩的臺前
四下寒蟬環伺
在雨的苛論裡，這萬柱的森林之殿
靜靜遺落滿了　花的耳朵

（在春天，江水曾經漫上無垠平沙
那寂立平沙的竹榭

是個涉水而漁的釣者
點水旋航的鳥
想在靜默無痕的煙候裡
截出它構思未成的句子）

我們冒雨趕至舞雩的臺前
四周瑣碎的光
他已停駐臺前，只是匹氣質太過纖細的幼駒
萬葉傾光耳語

（這時雨下著真大哪！

雨在妳髮上躍織一光暈，妳的神色依如今晨為夢牽縈的
那種睡意。妳輕輕地呼吸！我察覺
妳鍍上雨的光采的臉龐下
屬於最細緻的皮膚的暖意）
他已停落
他只是一匹身骨凜冽的幼駒
正被追獵
像一個儲君

（我們被白髮追獵，被空曠與荒蕪追獵——
妳曾是明鏡，映我為心

我曾是天空，曾是塵埃
在雨裡，我曾也是諦聽了又諦聽自己的雷聲）
（在嘲笑裡，我曾是德行優美的王）

他的蹄跡帶血，翡、翠交映
他在想些什麼啊？
（妳，妳又在想些什麼啊？）
他的眼睛裡是那種枝葉隱蔽的潛沉與
世襲在溫柔裡的貴傲
在雨中，如重重簾幕後一心不在焉的儲君

（在荒棄裡，妳曾是德行優美的女神
在那荒煙蔓草裡，我的寵妾）

他的神思
在絕地裡，他的神思在遠處馳騁
「誕生我的，是我胸次裡
最大最蕪最遠的一片土壤
星夜林立
萬劫如窗
誕生我的，是極目不見的
我心頭的雪地。」

當他回轉注意，我們再次四目相對
我恍惚聽見
鑾珮交擊的聲音

一九七五・秋

父親

「我一直想為您寫首詩，
但是我們互愛的祕密
是不容被揮霍的家當。」

有一天我們要走在大湖之濱
在祂忙於清點群魚時
幫祂清點香花和水鳥

當星星盥洗而升
我們以顛沛的靈魂
幫祂測量土壤；
那時，我們蹲坐田壟
豐盛的眸光
和帶著風吹草動的寂靜
交談。安詳的笑容隨夜空緩轉

有一天我們將從子嗣們的
耕地裡出生
不再悲觀地歌詠肉體。

我們的福祐傳遞給後輩
頑強底頭額——
如果我們不曾阻止烈日
烈日鑄造他們的雙肩
如果不曾阻止洪水
洪水給他們一箱箱
眉頭深鎖著的智慧

有一天，我們將到天空去
屯墾
在星宿間圈我們的田

修我們的菜園。
修我們的縣志。
此刻，請看我
我銀色的額頭因熟睡而，融化

牲畜們在我枕邊飲水
村婦以波光編結魚網
在大湖之濱
再緊繃的夜幕也不能籠蓋的
這曠沃之土，您看
遠處的黎明，就是夜袖捉襟見肘的地方

父親，而我們的家族
將蔚為森林
像在時間之海裡高舉的帆檣

一九七八・六・十
為陰曆六月一日而作

光之書

寶寶之書

寶寶之書

編按：一九七九年初版的《光之書》以手寫注音的方式，收錄了《寶寶之書》最早五十首短詩中的十五首，它們在後來「少數」及「聯合文學」出版的《寶寶之書》中，編號分別是：1、44、50、73、86、75、71、57、70、68、69、72、11、100，為避免重複，新修訂版的《光之書》不再收錄，謹此說明。

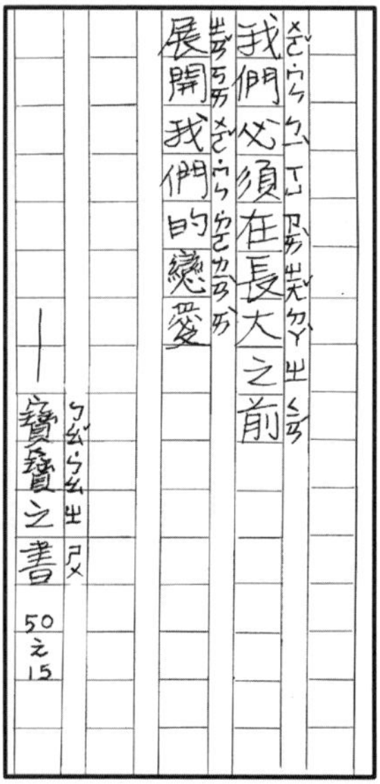

我率領大羣星星奔馳
她說：「你為什麼這麼興奮？」
我無法回答
我的神思正放著一萬個風箏

我花費半個夜晚到達那個隕石坑
但有人先我而至
在彼專心練唱

光之書
語錄

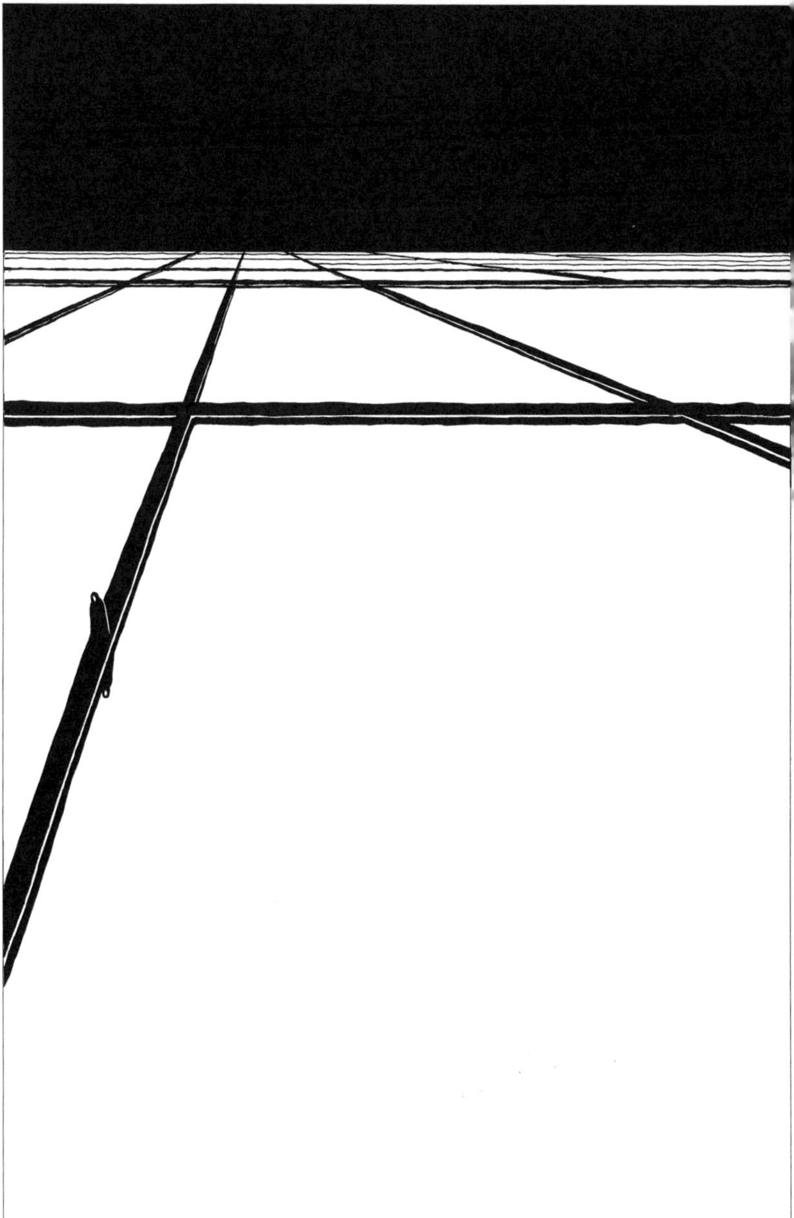

語錄

ㄅ

我不知人是否應該悲觀，但是對於生命與德行的認識，使我感到不快。

人自期於事物的擁有，而他只是時間的借用者。我們的死法，必將是所有那些死者中的一種，就像我們老去的方式也是。基於人格特質與經驗的差異，許多對於某些人是確存的知感事實，對另些人是完全不存在的，因此，要是我們停下來討論這些無稽之想，那麼我們會被要求向這個苦難世界表示道歉。

ㄅㄅ

永遠不要相信你有向別人告白時那麼的好。

人們因為累積了太多自欺裡的妥協，而終被自己蒙蔽。

ㄅㄆ

杜鵑泉湧而謝，我們踩著大地的胸膛，信賴她的豐碩結實。她像在敵人面前產卵的雌魚，對死亡如此遲鈍。

當陰霾的雲層低到使我們想架一座梯子上去，當新發的葉以透明汲取陽光，小孩搖晃走向母親，老人搖晃，走向死亡。

ㄆ

我說，我們只是祂夢中的事物，在祂醒時，我們便消失無蹤。

因為死亡是盲目的，那些我們所經過的富人、窮人與情人們，那些曾進入過彼此的眼底，愛以及被憎惡過的，在它眼裡就像不曾有過。有，就像不曾有過。

ㄇ

但是那些遭遇，就我們而言是確存的，也許並不普遍。

有人聽見乳獅竄過廢墟，有人聽見甲蟲對旱災的預言，我聽見風和雲的磨擦，聽見手滑過絲綢之後，留下的共振；聽見殺伐聲，在煙硝與不滿中，甚至戰界兩邊的草，也相向爭吵。

ㄇㄅ

有的人的速度，是不適於諦聽的，他甚至快過聲音。在他俐落地動作時，友軍和敵軍的哀嚎撞在他的盔甲上掉落。

ㄇㄆ

他不以為然，但是我不和他爭吵。

我會吵輸，因為可能沒有聲音。

ㄇㄇ

「如果有聲音，那是虛構的，夜本身是一種光，噴泉也是，夜還是一種聲音，如果有聲音，必是草坪的酣聲，如果有聲音，我們也聽不見，因為夜是閉塞的，縱使聲音就在耳邊，聲音是沉睡的。」（鬼雨書院）

ㄈ

我們發現，曲解，曲解別人，是縱容自己犯錯的開始，當「別人」的不合理在增加時，是否我們的理智也在遠離呢？我們對於真理要謙虛，雖然我們都可私下要求小小的例外。

ㄈㄅ

對於人性的探索，我們有了正確的出發點——從我們的溫和可知。其中最大的門檻，乃是我們對自己的了解與把握，使我們和事實相聯結的時刻增加，我們如此說，卻迥然不同於他們的意義。

ㄈㄆ

我們將涉獵更多典籍，並接受各種智慧與愚行的震撼，讓我們的感性顛簸，知性藉以燃燒奮進。

我無法阻止自己更廣遠地介入現實，我不願宣稱已被它束縛，但我確實是。

但我們宿命地有別於他們的方式，如果正義僅帶來敵意，我們將找尋別的正義。像沙漠里底焚風，他們焚燒了每座自己將投宿的旅店，那些為憤憎所充填的感性，為感性所支配的理性。

我們深深憂慮，怕鹵莽的人碰壞了我們心中的鐵籠，放出仇恨的猛獸。

ㄉ

「在往比利時的火車上，我遇到兩個溫和的德國學生，研究康德的，在山間小車站的月臺，賣花的少女，兜售美麗但纖弱的世界，昨日和明日的兵荒馬亂，使我避世的旅行充滿了嚴肅的關懷。」——末世詩抄：「……當餓殍開始出現在返鄉的路上，當咒罵與哀嚎在我們的詩歌裡激起漣漪，中斷我們僅有的快樂的婚禮；當充滿正義感的青年闖入，鄙夷地搗毀我們的畫具和石膏像，當美麗因存在於不幸（或錯誤）的時代被視為罪惡。」

ㄉㄅ

「我們並不比你們更快樂，如果我們疏於談論不幸。或者是——但相對於更根本的事實，快樂是不實在的，它只是一些入神或忘懷，我們並沒多出什麼，請不要嫉妒我們。」帶頭的人說：「同樣的，相對於更根本的痛苦，你們的痛苦也不實在，它只是進入過失更流利的入口。」

ㄉㄆ

至於那些孩童，假如他們之間起了爭執，有了戰爭，我希望在一場壯麗的遊戲後，世界重歸次序。

「我們沒有太大的自信去審判與懲罰，我們不敢輕易的信仰，所以我們的腳步較緩。」帶頭的人說。

「就像我們對勇敢與謹慎同樣抱有的懷疑。」

至於那些成人，把敵意變成嚴肅事實的，我將處罰他們，去公正地執行，幫敵國的孩童分配糖和氣球。

至於世界，請豐富我們的知覺。

六

「當我走過加爾各答，有滿坑滿谷的孩童背脊，在陽光下閃耀，在城市周圍鑲鋪成飢餓的地磚，他們死去以後，便把他們的面孔，無助的饑饉的臉孔，留給其他的兒童。神也無法分辨。在祂的盛宴裡，有各種主義的人。」

人類的悲慘，就是我們靈魂的盛宴啊！

ㄊㄅ

不偏食的良知。

ㄊㄆ

「天堂，是一座謠傳支起的高原，那兒的土壤貧脊得種不出花。」我們總是負帶著傷痛去相信神奇的藥草。

有人研讀咒語，有人張貼口號，在炎熱的太陽下，有人在行列裡分發槍和小冊子。

誠然，我們有所反對，但是——

ㄊㄇ

我們所贊成的，溫和，有時候也會成為藉口。

3

在文明頗不穩定的那個時代，我是個在沙龍里高談闊論的哲學家，還有個感情敏銳的詩人，及滿桌的酒杯和德行。我們都不是快樂的人，遠不如我們喜愛的女子來得快樂。

那是個文明頗不穩定的年代，價值變遷帶給溫馴而沒有主見的人們極大的迫害。人們的各種認識都依靠著信仰，他們要排拒一些，就得先接受另些，所以科學和理性，惡意地說，也是迷信，也是宗教和道德。

誠然我們為此疲憊，我們熱切的生命仍不滿足於關注這些，夢想讓貧窮的我們有機會奮鬪。

我們將到冬霧的沼澤，到麋鹿之鄉寫生。戰爭是城市的事，我們，是下個世紀的事。

但是我們被帶到廣場，飽受訕笑。

「我不過為善意辯護罷了，扮演持異議的人，為使我們對這罕有的德行，有尖銳的認識。」

「因為，我信賴德行，會是最勇敢的一個。」

秉持這種信念的人，在逐漸稀少，但他們一開始就互相爭吵。

那是一個充滿掠奪的時代，女子們渴望愛情，男子們，由於貞節禁獵的解除，而忙碌起來。文學的趨向是：由不快的對立，進入不快的統一。

那是個掠奪的時代，各式想法煽惑著人心，那是個保留遠困難於進取的時代，所有好惡日趨短暫，價值的流動性太強，所以大家放棄了準則的堅持。

他說：「可是，接受與抵抗時代的影響，要找到怎樣的一條界線？」我觸動了，覺得他們的困惑已開啟智慧之門，神也無法阻止他們。

在潮濕的柴堆上，當街坊有人關起晚門，當森寒的霧氣愈加濃重——沉重上鎖的是人們心內的空倉。

ㄋㄆ

理性是什麼呢？在我們的討論裡，被如此歧義的使用。我們總感覺到，該被我所信仰的，是一件我們還不曾認識的事物。就此而言，理性是一種期待。或一種態度，並無關乎推理或結論，而在各念頭中不停地修正、琢磨與自我批判。在那些被選擇的事物中，擁容步行，以便於作深刻與完善的設計。因此，在期待那龐大事件的耐心下，理性，沒有絕對的贊成或反對的對象，它承認非理性的合理存在。

理性，在積極的意義裡——為使我們知道得更多。

ㄋㄇ

「自以為是，是每個人的膏肓之症，但我仍要說，他們錯了。這是層次間殘忍的事實。」

ㄌ

「真的，R，我相信神，相信宗教，但我一點也不相信存在世上的任一個宗教。」

「說到寬容，我和反對者們的過失都暴露了，雖然，寬容有時只為使我們逃離真理與異端的迫害。他們，那些拘謹刻板的，迷信，充滿禁忌的，甚至畏懼別人的不切實際的，高倨在審判者的地位，德行已修整了他們的服飾和靈魂，因此他們沒有耐性被新的知識與德行再加琢磨，彼此的心裡想著：『可是這些人怎麼會這樣想與做呢？』為什麼，有時候，人們溝通竟是神話般的不可能？我們對了多少？『別人』卻要為此受苦。」

我走在磚道上，因孤獨而輕快，因悽愴而意欲起舞。並暗自想像著我每一個段落的經歷里，那個神祕的伴奏者。

經由我的赤足，所有磚道上的涼意，將潔淨地到達天空。

「但是——那些敗德者，革新者，開放進步的人，對於那些抱殘守缺的人，舊秩序的寄生者與應接不暇的守護者，是抖擻著怎樣一種跋扈、炫耀與必毀之而後快的心理啊！」

像疲憊的孩童畏懼睡眠，那陣子我嚴重地自言自語，希望失眠的窗外有許多人走動。

《

「正像以往的每次，我孑然一身來到陌生的城鎮。最寂寞的，莫過於你還惦記著某人，你並不真正打算遠離，而你遠離了。所有消逝者將不因你回頭而復現。我負荷著悔意，因為埋伏在絕望裡的轉圜之心。幾乎我的路途，都背對著世界的中心，她居住的城市。此外，全都是僻野吧。」

我已不可能定居在任一村鎮，一種流浪的衝動日日鞭擊著我，藉此以緩和轉圜之心。白天，在異國街頭，我茫然走著，一群群陌生的臉湧了上來又流閃過去，一種像海鷗的語言，在周圍瑣碎，還有馬車聲，叫賣聲……然後，我必須走回我的斗室，在陰暗的屋內，因為孤獨而出汗、發抖。我苦思的油畫在角落裡，未被零碎的添加所完成；像我所賣力完成的生命，無非是踟躕和熱誠的消長。

「就如同在沙漠的夜晚，人群總比星星來得遠。所有溝通方式，都滿足了人們內心的要求嗎？」

「自然，我還繼續著我的研究課題，我已成為一個可怕的觀察者，那些習性甚至不由我來支配，而是一種滋生著的欲求。我發現人們畏懼所有那些只能一個人去經歷的事，那些別人無法參與的，諸如疾病，死亡和夢魘，人們討論他，蒼白的臉上是屈服和恐懼。

恐懼這宿命的孤寂也使有些人艱辛地阿諛討好人群。

逃亡的皇后在大道旁，對那名記者哭叫『請不要以眾人之名為非作歹』，這時我驀地感到，當某些公認的法則確立以後，另些來不及的法則便從人群中消逝，當價值有了強制性之後，德行便被體制與義務取代，當人不被允許有太多的例外，團體深入我們的生活細節後，社會不再有意外的喜悅，溫情，與多餘的體貼，人與人相處不依靠對彼此的了解與喜好的程度，而靠明確的施受，義務觀念。感情將不再羈絆著人們，人們也許可免於受深層之自我意識與精密感性的困擾，而滿足於粗糙的心安理得，然後我們將逐漸像獸類一樣的彼此更相像，而最後我們對快樂與痛苦的特殊感覺也將模糊而消失。但是，這依然不是我所要畏懼或贊同的，在他們的人格特質裡，自有其自足的價值體系。」

「那你就轉身向海吧！」她說。在我睡眠的左手邊。她說。

「請確實在大海之前，握住我的手。」

「終有一天，我要完成一卷『別人之書』。那將是我最後一件工作。我的臉頰貼著沙灘；潮聲在遠處沖刷著我在遠處的睡眠。她，我第一個『別人』，我甚至還是一無所知的。」

ㄍㄅ

她應門出來。

我說：「主人在家嗎？」

她說：「主人今天不舒服。」

我出了葡萄棚蔭，因她的美貌和善意，心中充滿歡喜。

ㄍㄆ

我從不討論我的過失，但何嘗忘懷？晚年的我將面對更多的困厄，或許也將墮入平俗的愛情，為其中的瑣事受苦。

ㄎ

後來我們來到沙漠邊緣的一個漢朝的陵墓，這可是他說的。其實它只是被黃沙半掩的寬長的石板路，兩旁散立座像們殘存的基部，這也是他說的。在前方的夜空湛藍，但今夜出現的星星太多了，它們的燦爛被彼此所遮蓋，就造就了這水晶的夜空。

「巴比倫之前的宗教和星星的崇拜有極密切的關係，他們相信人的生命和這些遙遠的支配者相呼應，他們在宴樂的空檔，常常跑到後花園向星星傾訴，因為襲上心頭莫名的孤寂。對那些星座他們有著濃厚的鄉愁，在出世前所積蘊的那些情緒，也曾使他們嗜殺、縱欲、犯錯，他們還喜歡在映滿星星的水池入浴，喜歡把臉埋在被掬起的泉水中，溫習遠空的氣候。」

在我心底有無數事件
它們不屬於我的任何經驗
甚至也非我所創造的
但我卻耿耿於懷

因為，我們總得屬於什麼，我們的生命總在服侍著什麼，我們親愛的、惦記的，是我們無從認識的。這將應證我對遠古充滿感性的人類所杜撰的故事。當他們的自我意識覺醒，從自然界的無辜之中脫離，充滿惶惑與好奇，只有光支撐他的睡意，只有光底下的事物，幫忙解脫孤立與恐懼。

「至於巴比倫，遠古的巴比倫，一開始並不在那條河邊。它是靠近河，但不是那一條。許多民族或帝國輪流地占有它，唯一不曾離開的，是他的名聲，或他的厄運。兩河流域的遠古民族，應該說把他們對文明的想像都實現在這裡了，漢摩拉比或空中花園，也許還有更多的寺廟、宮殿、詩歌或水利工程……我喜歡這麼一個聲名遠播，卻神祕無比的文明，那可以讓我對它投注無窮的想像。特別是早期人性裡頭的悲觀、恐懼、殘酷與荒淫。

是的，那個可能非常像我的異教的形上學家、心理學家兼建築師，想篡奪他弟弟的王位不成而逃亡的陰謀家，在那幽深、陰暗的腦殼裡，到底在想些什麼？當他沿著光滑的階梯走道河中沐浴，當他的思維繞過底比斯和亞特蘭地，在那幽深、陰暗，自我放逐的腦殼裡，到底在想些什麼？」

ㄏ

「在一個充滿祝福的園遊會裡，我的目光始終未離開圍牆內靜立著的華邸，在人潮中，我像一艘搖晃欲墜的小艇，崇拜這神祕的巨鯨，看它靜立萬狀波濤之中，詭異的靈魂在數十扇眼窗中打轉，窺視，……但沒有別人注意到它，對於他們，它是不存在的，在他們心智的元素中沒有知覺它的成分，我眼裡充滿淚水，穿過繽紛的汽球，無視人群的推擠，走近，直到高大的圍牆擋住我的去路也擋住了我的視線，這時，我童年那變形的記憶告訴我，進去之後，我將遇到所有熟悉於最遙遠之記憶裡頭的事物。

我是不得其門而入了。」

ㄏㄅ

「我不得不繼續描述這些，我的胃嚴重的潰瘍，我有些駝背，由於我對神祕事件濃厚的鄉愁與思考，我逐漸變得陰鷙，偶爾也嚇著小孩小狗。我相信我是在執行著一件巨大的使命，雖然我不知道是什麼，但我確實在受苦——確實鬱鬱不樂——或者，受苦也是一種使命？」

ㄏㄆ

「那名女孩，那優雅地從棉花糖後面露出臉蛋的女孩，原該出現在壁畫上的，出現在此刻了，帶著乳金色的光芒。一九一三年，大戰前夕，對人類學的研究徹底改變了我的畫風，而被宗教戰爭所傷痛的歷史感，正改變我對哥德式教堂的興趣，同時，野獸派的大師技巧更進步，而熱情消退了，我來到畫廊，卻空無一人。

　我來到畫廊，卻空無一人。」

「小女孩的出生，該恰逢日露戰爭吧！而且是善良與白血病的混血兒。孩童們都有凜然的目光，但只對藝術家下達命令。」

ㄏㄇ

　我在書桌前，園遊會的燈光在遠處的林蔭道間輝煌，沉重成為我的習慣，在東方，在一顆孤星底下，是否災禍已在，我和她之間，蔓延開來？

ㄏㄈ

「我何嘗沒有察覺到一件極龐大的事物，鎮日窺視著園遊會場？您讀過我的詩集吧？在最不祥的那頁，我和它猝然相遇，以至於我沒看清他的形象，但那確實是它其中之一，在園遊會場，在帳篷的陰影裡頭，下水道，鐘樓及城內所有的高層建築，沿著載人氣球的航線上，它正逐漸接收一切，我發現樓房和行道樹也察覺到了，但噤若寒蟬，有時，它棲在烏雲底下，在雨夜故意撬開實驗室的窗。」

「後來，在我一次北極圈的旅程裡，在永晝的海港的深夜，我終於看見並把握住它那一時刻的形象，那是在港邊一群低矮的木屋之上，那詭譎的太陽。」

「我看見它向我狡笑，黎明和黃昏那無助的美景只是它的化身，它說：『即使我形同災禍，又有什麼可怕？我們不是早都並存在世界上，各占有事件的一席之地嗎？在我身邊又有什麼可怕？會發生的，都已被決定了。』死亡也被決定了，我們一直和它比鄰而居。」

她呢？她形同死亡的遠離？

他匆匆回來，在市集中心的宮殿裡，深居簡出。後來，我們曉得，他已偷偷地把遠方無際的草原移置後花園裡。

當我們在引導下，穿過噴泉隔間的殿堂，來到寢宮，那時他顯然剛睡醒，拉開絨幕，他說：「這是我帶回來的屏風。」

那是一面遼闊的晴空……

「分手之後，我回到家裡，她又打了一個電話來，說：『我愛你。』我說：『我愛妳已經一萬年了。』」

……以至於我都忘記了……

「所謂感情，就是對『別人的重要性』的自欺。但是，別人的重要性被剔除時，我們經年據以建立的生命重心，便消失無形，我們——那時只剩我——將在褪色底關懷中褪色。」

但通常我們又很快地被另種界說的感情所填入……

人類那些好惡或迷信並不曾被消滅，只是在知性的壓迫下，在生活的邊緣不斷地被替代著，我們以理智強迫更改了某些情緒，但同時，另些情愫已悄然進入。

ㄐㄆ

「關於……還是我們最重要的事嗎？」

「那當然。」他眼裡閃著不太熱切的光采，由於睡意。我們跟著他的後頭，又走進一間由音樂隔間的大廳，圍繞著清澈的溪，在此，我們可以看見棕櫚叢林裡一座莊嚴鳥籠。看見晚霞上方的天文臺。

有人討論文學，在我們神話最憂傷的部分，藝術的消失是確實發生的。

我緊緊牽著狄德勒斯，聞及草原及孤寂的氣息，走廊兩邊是關於熱帶魚的大幅油畫與光怪陸離的光線。由於睡意他顯得不太熱衷。

く

「但相對於人，必有些絕對的事實存在。」

然後我們換了一個窗口。「永恆」。

「關於永恆」然後我們換了一個窗戶。「我想我們不要說它。」

一早，我打電話到她家，他們說她到海邊去了。一早遇見賣花的少女，我發現經我許願的花，都枯萎了。

くㄣ

「人類是以自己的價值準則來規範未來？或者是以標示著效率與科技的未來，重新釐定我們的價值尺度？他要面臨的世界百倍複雜於遠古，但得從出生後才學起。我們的環境不停地豐富，我們相形地更貧窮，既然我們的文明與體面都成為過去，為什麼，為什麼我們不來嚴肅地討論快樂？」

ㄑㄆ

「一日，我確信在鐘聲裡，聽見一種不是人類所能發出的巨大的嘆息，在那一瞬間我對眼前街景的堅實失去了信心，我慌忙走過幾個轉角，在安靜的花攤前因古怪的不祥之兆悚然，我必須回去找她。在世界末日之前。」

「Dear R，我所憂鬱的事，請不要在陌生的時地發生。」

ㄒ

「文明初啟的孤獨感。但我的四周都是人群以及學問。」在央凡爾一間巨大的公共食堂，在嘈雜的人聲中，我們如此隱密地處於人群裡，以至於我們大聲朗誦一些詩句，也不會引起注意。我甚至發覺到，這是一座神聖的宗教殿堂。這些嗆人的菸味，粗俗的對談，高昂的情緒裡，我們卸下深自期許的重擔。

對現狀之不完美之不適當的執著，徒然剝奪我們稀有的快樂的機會。

ㄒㄅ

宗教只是信仰的一部分，錯誤明顯的那一部分。

最先信奉神的，是神。

最容易信奉神的，將最容易信奉魔鬼。

最不相信祂的，將是創造祂的，

而我，我了解祂：

祂必須先擁有不聖潔的可能性，才會同時擁有聖潔的可能性。

所以當你們靠向神的一邊時，我將站在孩童這方。

真理如果是一致的，那麼世界，或它的表象不可能如此矛盾，

除非感性與想像確是真理的空檔

㞢

他回過頭來：「你以為，我們只是用典雅的憂思來建設我們的夢土嗎？」他對我們的理解相當失望。「錯了！」「我們的榮耀不排斥快樂。從不，我們要作第一個成功的人，不是最後一個失敗者，苦痛也許是原因與過程，但不要把它遷就為目的。」他說。大部分的德行不單獨行事，公正必須和溫柔相配合，虔誠或許和輕快

相配合，憂鬱和嘲謔，是的，這些字眼負有相斥、矛盾的意涵，在事實上可能也是，但是，我們依然讓他們最恰當地出現，讓它們的衝突在生命裡所造成的損害降至最小——「以原創和憧憬來承擔沉重得恰到好處的責任或苦難，而所有真理的追求都成為藝術。」任何缺點與失敗都不能以原來的損壞留存在事件與記憶中，他必須成為各種成功與進步的因素，存在的，就是合理的，必然的。「決定論者的設計中，我們用現有的及可能的資質與材料來發揮所有人類善的潛能，來建造我們橫跨星際的殿堂，供奉我們的心智。在各種德行的實踐中，體貼是最重要的考慮，任何德行和它的牴觸必須降至最小。所以我們的同情必須與謙遜相配合，當我們自覺有能力幫助別人時，我們正同時和他們疏遠。我們的驕傲也必須和感激相配合，也許，為這感激尋求長久表達的形式。」這算是藝術的副業吧！我想起寺廟一座一座蓋起，水族館和廢墟一座一座蓋起。

「更重要的，請你舉止不要這麼像我平庸的使徒。」我漲紅臉。當想像力的碑石掩蓋半個地球以後，將證實我們的失敗，啊！我喜歡在他失敗時加入他。我說：「可是我們不能成為第一個成功者時，我們可否由於自己或人群的過失，當最後一個信仰者？這是藝術家的勇氣，也是道德的起始，還有什麼比創造更能豐富我們的世界呢？當我們宿命地無法毀滅生命中絕對的死亡與相對的苦痛？」

這時他的臉色終於緩和下來。我們都鬆了一口氣，女奴魚貫而入，帶著花和鮮果。「這是不衝突的……」他走到瀑布的簾下，瀑布後頭是幾排通行宇宙的書。「這是不衝突的。」

沿著鬧區，市場與寺廟的上空，我們建築了巍峨的供水道，一直出城，直指著雲和雪景。「你必須原諒我的懈怠，因為我們隱藏了真正的話題，你企圖以我當初打動你的方式打動我。」

「我們不能以年輕和美麗來掩飾一切。」一個君王要有多少心事呢？我想。當他統治的他的夢想的時候。

「固然……很重要，那片星座們私下撫養的草原。只是他不該再是我們的話題，他要成為祕密，在我 們失敗的時候。像寶藏一樣，留給冒險的人。」上了臺階，我們選擇一列巨柱，坐在其下，有人移走牆上的火炬，隔著一個大廳的窗外，晚霞十分炫麗。

生活如此遲緩，但未停滯，我在思索。

亻

「我曾在沙龍裡認識那人，在他家道中落及感情受挫的時候，那時我因他優秀的靈魂付出友情，讓他在我耶拿的畫室裡充當祕書，他確實需要我的了解與庇護，但我也需要這類需要我的人。」

「我傾向於縱容那些年青與正直的人，甚至承受一些損失，當然這是任性的我一些風格——無論如何，我總還是自己的國王，有權力剝削自己，向人示惠。」我曾在耶拿的畫室看過這樣一幅壁畫，無非是人際與星際的一些寫生。

「然後，那個華貴的青年後悔於向我如此認同並吐露真言，我也因傾聽而負疚。即使R也一樣，每個人都相對於自己，知道得太少。」

ㄕ

傳說第二個信徒是一個憂鬱的婦人。

Dear R，關於那部懺情的經典，你撒下這輩子最大的謊，你的偽善在我儘力為你辯解時，唐突闖入，像一把利刃割破我正在扯謊的喉嚨。你常為了那些反對與奚落你的人傷害了等量的愛你的人。

我們委實坐倦了，我的談話逐漸稀薄。「真的，我們必須多想一些事，也因多看，而想得更多，我們的生命就是這樣豐盛起來，我們的人格就這樣豐富起來。我們愈和其他人趨於平等，和世界趨於平等。」當有人紛紛取走大廳與柱廊的火炬後，潺潺的泉聲更清晰；窗外的月亮，昇至市場中寺廟的尖塔上，並引著它上昇，像牽著一個脾氣太暴躁的小孩。

終於整個殿堂暗了下來，在這周圍有一千間空寂無人的廳堂，我們都沒話說了，一度我甚至誤聽見他輕輕地啜泣。

一九七四／一九七六餘稿一

光之書

芝麻開門

奧義書

I

——在她那邊

一千種樂音久蓄待發——

從含著淚水的眼睛看過去的房間裡，
當光與睫影交融
並掩蓋我的視線的時候

我的睡意走進崗上廢棄的碉堡裡

當雲壓得太低，以致頻傳天空的爭吵，
在惡夢走入我和搖椅上的她之間
而她像不曾許諾的保護者……

陳舊的燈光們重溫童年底感動：
我矯情於病熱底喜悅
緩釋體力和聲音，並伸足探涉孩提的殘餘……
像闔起一本童話，回返屋內
我下得床來，緊緊牽著睡意

經過空著的搖椅。
（唉，我悲戚地望了它一眼）
到屋外向滿天星星探詢她的去向。

II

——有一天
我們會跑得更快
足以讓我們接住那些落下的星星

我決定把睡意藏在枕下，帶她出去
默契將引領我們走好長一段路，直到它的盡頭
那時我們將在溪石上相對
在月光的表面
所有鸚鵡將來此朝拜
並把他們聽見的話緘埋心中。

我們來到我曾露宿的草地
那些盛開的水仙為證
及布滿苔蘚的礁群……

我該說什麼呢？我們停留在這時間的死角
夜空中的白雲照射著我們
那時奔在草叢裡的雙兔牽斷我們的思緒
我們同時發覺跟失了祕土的嚮導。

III

——那時，我在原野上奔跑
為了起飛

野花的潮水來自落日的出口
「我汗濕了衣、髮
沿路是乾涸的河床與摔傷的腳踝
我在溪石上躍進，好像要把星星聯結成星座
並旋轉」

「像迷宮的設計者

想：他們跟不上來的
他們注定著迷於我的巧藝
會傾聽我彈奏了又彈奏。」

「翻入飼養怪獸的花園
最近我悲傷頹喪，思想傾向虛無：
生命荒寂，又短暫得
令我們不能付出太多努力。
原野與荒漠有象群的死亡，城裡有愛人徒然的別離。」

「我思索，當歡宴裡有人唱哀傷的歌
像一場適時的戰爭」

IV

當她叫喚我的時候，我握著花，出神地走在人群裡

整個雨季，我們在此度假，睡著了所有住戶，這多雨靠海的庭園。

當我醒來風滿樓。寂寞是件令人喜極而泣的事。

當我醒來風滿樓。當我睡去，四周站滿了用雨點低聲討論的大葉植物。

我沒有其他可供寫信的人，Dear R，整個夏天，我們在此度假，飼養飛禽，沒有其他可供懷念的人，白天，我們像違背睡眠的禁

忌，因為醒著而無聊、徬徨。在月光下，我的夢像一座島嶼，蟲聲沸騰。

V

她說：「只有你所愛的人能幫助你。」我苦笑，翻過身，背對她

貼聽草原另端傳來的，星星落水的聲音

那是個冬寒的雨日，我匆促地結束了和世界的戀情，像一片掙出溪石的枯葉，漂到歡愉的鬧市。如今我是個善於杜撰喜劇的嘲諷者，喜歡刻薄審視那些感傷的事故，吝於付出同情，傾向於作一些和自己意願相違背的決定。

就在森林邊緣飛禽走獸的化妝舞會，我探訪一名幼稚園的老師，跟她提及「正義」……

她說：「每個在感情上負疚的人都有如此傾向……」她走開，我留在原地，以積木搭建我的地上之國。不知誰在說：「下雨天我們去搗亂那片睡眠看守的草地……」

VI

靈魂底內婚制。
因此我們遺傳著憂鬱
對陌生人和善。

大火焚走那些屋頂
景色才被確定下來

在這蘆花盛開的河洲
文明暫時搜不著我們的……

工廠的煙囪奏著烏雲的音樂。

在玻璃碎屑裡，軒窗列立
像某些巨大底視線所棄置的眼鏡架
苔侵的冥想，由於它們從不因雨關閉

雲群修整天穹
使它更平穩的航行
我們握一束野花
（一路飄落的花瓣，會帶回迷失的群羊
也打消我們供奉與贈送底原意）

（為了採花，我們曾在花海里走近地球的邊緣。）
經過堆積如山的垃圾場
那時。陽光的點金術焚燒著我們的視線
像金庫開啟，眾鳥飛散……
希望逃學的孩童已想好藉口輕快回家……

一九七八・一

VII

那是我心中的菓園遭受霜害
它們長出多疑與畏懼的果實

「在那，」他趕著群羊經過市集
指著（模糊指著）晚霞和炊煙
「在那，她的牧場，放牧遠方」
「時間也贖不回來的遠方」
他的眼裡。酒窖。神色悲傷似驢
（帶著睡眠的陰影與遲緩）

在擁擠的市集
我將不停以種種愛情里的惆悵
壓抑目眩心迷的愉悅
「在那，」
「她從不許諾，她情感的歧途把他們送到沙漠
到大海與月球……」
「但是她的風情……」他的眼裡
奏起花的芬芳，葡萄的汁液
一座香火鼎盛的廟宇
「在那，」

我吃力撥開誦經的嘈雜
在黃土城墟上踮腳張望，思索她確實的名字

牽著陌生男子的手
他也溫馴地傾聽我
傾訴著感情底經歷與迷惑。

VIII

那時請以你的冷漠拒絕我
但請不要讓我知道地偷偷跟隨我

Dear R，即使在這最繁囂的市中心，在我趕上你的路途上滿是花販，而就像在那釀雪的峰頂，我總相信，我們立足處就是地球最突出、最僻遠的部分。

我們好像被地球推向上方，擠向遠方。率先，探進、接觸那神祕的星空。……我們是地球的觸角。

芝麻開門

……我的性格結構已愈不適合寫詩
我要創作適合我的詩

往北走，每七日便遇有大樹
他們將在樹下盛宴款待你
那時，你的心思要掠過南方
為時刻變遷的雲族命名
傾向消逝的，我們記誦；

同時，對東方的憧憬，不可鬆弛
有時，只好視為瑣碎的旅伴
但承諾依舊要精巧
對白銀說，那是黃金的方向
但自己千萬不要相信
要把白銀悉數帶走；

西方對我們的船
海的坡度略陡
因為我們走近祖先的墳場
沿路或有象牙

也無從拾取
因為你是向北走的：
冰河期悄悄來和你相會
你們有一個出賣世界的契約；
你要堅持一切的擺設
因為這種擺設最好。

霧退立一旁
在我們心底，對枝葉茂密的高樹
有著神祕的崇拜；
那是往天空的獨木橋；

霧退立一旁
有人在清晨爭吵
你在沉思中用完早餐

有人在黃昏爭吵
但菓園已經成熟
甜美的欲望發脹
形成生命裡每日都有的龜裂
我們為此埋葬可觀的食糧和
玫瑰

有人在黃昏爭吵
雲彩才布置好，星群的演奏就已開始
這時，你要謙恭地詢問一顆離席的彗星
循著它驚惶的眼光
爬上時光的海拔

在你旅途的頂端
你將起草世界末日的藍圖
你要確定已來到祂的階前，祂的國度
照例，選購紀念品要細思量
貝類最多姿采

流星最膾炙人口
女奴和你的衣著相配
但你務必先去看看祖先典當在河邊的盔甲

眾方向侷促之所
日夜分道的岬角
海水奇寒，風浪兇猛
這群海不曾負載一條船
甚至不曾負載過任河水族
邊緣只有嶙岩的剝落和歌唱。
巨大是無法馴養的。

你要在一萬個行人的袖子裡
找到門環
叩門
如果祂睡著了
你要安心等待

一九七七·六

索引

Dear R的白日夢　一九七七・四・四　《臺大代訊》
何時　一九七七・冬
我們未來的酒坊的廣告辭　一九七六・六　《聯合副刊》一九七六・七・二四
青鳥　一九七六・七　《臺大畢業生年刊》
僻處自說　一九七六・四　《聯合副刊》
賦別　一九七六・六
傳說　一九七六・七　《大學新聞》一九七八・三
舞會　一九七六・六
僡夜二三首　一九七五・七　《暮鼓》
然後他們來到荒野裡　一九七六・九　《臺大代訊》

光之書	一九七六・一	《臺大青年》七六期
在這最孤寂的一萬年里	一九七六・一	《民眾副刊》一九七九・一
長夜為冠	一九七六・四	《民眾副刊》一九七九・一
茉莉花魂	一九七五・十	《臺大青年》七四期
上邪曲	一九七三・十二	《畫冊》一九七五・四
風象	一九七六・八・十二	
夢雨傾軋	一九七八・八	
點絳脣	一九七三・四	《畫冊》一九七五・四
		《聯合副刊》一九七六・五・十一
繾綣之書	一九七六・四	《臺大青年》七九期
童話致W	一九七三・十一	《畫冊》一九七五・四
麻雀打斷聆聽	一九七八・五	《中外文學》一九七八・十
一支蠟燭在自己的光焰里睡著了	一九七七・十二	《民眾副刊》一九七九・一
實驗林	一九七七・春	《風燈》詩刊一九七八
提那城美神的碑文	一九七五・九	《交大青年》
童話	一九七七・四	《臺大文訊》

木棉花	一九七七・五	《聯合副刊》一九七八・三
淵藪	一九七八	
往沉思途中的見聞	一九七八・八	《臺大青年》八十期
蒹葭	一九七五・春	《臺大文訊》
蒹葭之3	一九七八・十	
寶寶之書（左卷）	一九七七	
黑夜之書	一九七六・七	
西狩獲麟（上卷）	一九七五・秋	《臺大文訊》
父親	一九七八	《中外文學》
語錄		《大學新聞》、《楓城》
奧義書	一九七八	《創世紀詩刊》、《民眾副刊》
芝麻開門	一九七七・六	《臺大青年》七八期

聯合文叢752

光之書

作　　者／羅智成
企劃・設計／羅智成
封面・插圖／羅智成

發　行　人／張寶琴
總　編　輯／周昭翡
主　　　編／蕭仁豪
資 深 編 輯／林劭璜
編　　　輯／劉倍佐
資 深 美 編／戴榮芝
業務部總經理／李文吉
發 行 助 理／詹益炫
財　務　部／趙玉瑩　韋秀英
人事行政組／李懷瑩
版 權 管 理／蕭仁豪
法律顧問／理律法律事務所
陳長文律師、蔣大中律師
出 版 者／聯 合 文 學 出 版 社 股 份 有 限 公 司
地　　址／台 北 市 基 隆 路 一 段 1 7 8 號 1 0 樓
電　　話／(02) 27666759轉5107
傳　　真／(02) 27567914
郵撥帳號／17623526聯合文學出版社股份有限公司
登 記 證／行政院新聞局局版臺業字第6109號
印 刷 廠／約 書 亞 創 藝 有 限 公 司
經 銷 商／聯 合 發 行 股 份 有 限 公 司
地　　址／(231)新北市新店區寶橋路235巷6弄6號2樓
電　　話／(02) 29178022
出版日期／2012年10月 初版
2024年 8月 二版
定　　價／400元

ISBN 978-986-323-631-3 (平裝)

國家圖書館出版品預行編目資料

光之書/羅智成著. --二版. --臺北市 :
聯合文學出版社股份有限公司, 2024.08
320面;12.8×19 公分. --
(文叢;752)(羅智成作品集)

ISBN 978-986-323-631-3 (平裝)
ISBN 978-986-323-630-6 (精裝)

863.51 113012056